Las chicas de la 305

1.ª edición: febrero 2022
2.ª edición: diciembre 2022

Juan Ignacio Luca de Tena, 15. 28027 Madrid
www.anayainfantilyjuvenil.com
e-mail: anayainfantilyjuvenil@anaya.es

Ilustración de cubierta: David Sánchez, 2022

Diseño: Gerardo Domínguez

ISBN: 978-84-698-9115-5
Depósito legal: M-374-2022
Impreso en España - Printed in Spain

PAPEL DE FIBRA CERTIFICADA

Las chicas de la 305

Ana Alcolea

ANAYA

Índice

A todas las chicas que pasaron por
la Universidad Laboral de Zaragoza.

A Carmen Alcalde, mi tutora,
mi maestra, mi amiga.

1

Hortensia ha decidido no bajar a desayunar. Prefiere hacerlo sola, en su habitación. No le apetece coincidir con desconocidos en el comedor del hotel. Antes le gustaba imaginar las vidas de los demás mientras comía invariablemente pan con salmón ahumado, huevos revueltos, crepes con chocolate caliente por encima y tostadas con queso azul y miel. Todo ello con un capuchino templado. Mientras se lo llevaba a la boca, observaba a la pareja de orientales de la mesa de al lado (siempre hay una pareja de orientales en cualquier hotel a la hora del desayuno), y pensaba, por sus miradas aún tímidas, que estaban de viaje de novios recorriendo Europa: un día en cada país, jornadas agotadoras, y un hondo y profundo aburrimiento. Otras veces su atención se centraba en los grupos de pensionistas del Imserso que desayunaban como si no hubiera un mañana y como si quisieran compensar el hambre que habían pasado durante su infancia de posguerra y necesidad. De vez en cuando se fijaba en los hombres trajeados que desayunaban delante del ordenador para creerse que todos sus esfuerzos, todas sus horas robadas al sueño, y un trabajo que consistía en intentar vender lavadoras en las islas Caimán o en Groenlandia, valían la pena.

Pero hoy no tiene ninguna gana de compartir su tiempo ni su espacio de desayuno con nadie más que con ella misma. Ha vuelto a la ciudad en la que vivió dos años, después de más de cuatro décadas sin regresar. Nunca entonces durmió en ningún hotel y se le hace muy raro asomarse por la ventana y ver la calle en la que paraba el autobús que la llevaba al centro desde el internado donde vivía. Anoche le dieron una habitación en el tercer piso. Cuando el recepcionista le entregó la llave y vio el número, sonrió. También su habitación del internado estaba en el tercer piso, y también era la 305. Solo que entonces no estaba sola. Compartía el cuarto con cinco chicas más a las que va a ver hoy después de décadas. Seis literas, seis sillas, seis taquillas y una mesa. Las duchas y los baños en el pasillo, a la entrada y al fondo. Turnos organizados para la ducha una o dos veces por semana, carreras por las mañanas para usar el váter antes de bajar al comedor.

Alguien golpea la puerta. Es la camarera que le trae la bandeja del desayuno.

—Buenos días. ¿Ha dormido bien?

—No. Apenas he dormido.

—Vaya, lo siento. Espero que disfrute del desayuno y de la estancia en la ciudad.

Hortensia da una rápida ojeada a la bandeja.

—Seguro que disfruto del desayuno. Muchas gracias.

Cierra la puerta tras la camarera y se sienta en el sillón. Piensa que cuando una no baja al comedor, su desayuno sale perdiendo. Dos aburridos bollitos, dos minúsculas tarri-

nas de mermelada, una de fresa, la otra de melocotón, mantequilla. Dos tostadas, un plato de jamón cocido y otro de queso. Unas uvas negras, un zumo de naranja natural y una taza con un capuchino doble.

A Hortensia le gusta desayunar mucho. Es su manera de empezar bien el día. Tranquila, con el móvil apagado. Sin televisión. Sin radio. Sin nada del mundo exterior que entre dentro de ella. Solo la comida. Y el capuchino, esa taza caliente que mezcla lo amargo del café con la aparente amabilidad de la crema de leche. Antes se ponía azúcar. Ahora no. Hace años que prefiere tomar las amarguras como vienen, sin endulzarlas más de lo debido. Así en las tazas como en la vida.

2

Después de desayunar mira el teléfono. Treinta y dos wasaps del grupo del internado. Todos repiten la misma cantinela: las ganas que tienen de volverse a encontrar, las historias que se van a contar para ponerse al día, lo mucho que han pensado las unas en las otras durante todos estos años, que la una le puso a su hija el mismo nombre que su compañera de la litera de arriba, que la otra siguió escuchando durante años el mismo disco con la canción que una de ellas cantaba una y otra vez, y que va a ser maravilloso volverse a ver.

—Pamplinas —piensa Hortensia en voz alta, mientras deja el móvil sobre la cama, antes de entrar en el cuarto de baño a lavarse los dientes y a maquillarse—. Hay que ver todas las mentiras que se pueden escribir en una conversación de wasap con total impunidad.

Se lava los dientes durante varios minutos como le enseñó su padre, y abre el neceser. Saca la crema de día de La Prairie, que le ha costado una fortuna. La dependienta de la perfumería le ha asegurado que es la mejor para corregir las arrugas, las manchas que le han salido en las comisuras de los labios y las patas de gallo. Nunca había comprado una crema tan cara, ni siquiera cuando estuvo en China y compró una que llevaba polvos de oro.

Se aplica la crema delante del espejo. Luego el maquillaje, la misma base de Lancôme que lleva usando desde hace milenios. Después la sombra gris en los párpados y por fin la máscara de pestañas.

«Antes la llamábamos "rimmel", así, con dos emes. Alargábamos la "m" y nos parecía que éramos tan francesas como la revolución», piensa.

Contempla el resultado en el espejo. No está tan mal para la edad que tiene, piensa. Espera que a las demás se les note el paso del tiempo más que a ella. Lo espera y lo desea. Nunca fue la más guapa del grupo, más bien todo lo contrario. Vivió parte de su adolescencia escondida tras unas gafas de pasta marrón con los cristales de culo de vaso. Y siempre llevaba el flequillo a mordiscos y trasquilones en el resto del pelo, que le cortaba su madre cada vez que volvía a casa en las vacaciones. El tiempo moldeó su cuerpo, las peluqueras hicieron bien su trabajo, y un cirujano le quitó de un soplo las doce dioptrías que convertían todo lo que miraba en un cuadro impresionista: imágenes sin contornos, y las luces de las farolas y de las lámparas desparramadas en el aire como huevos rotos en una sartén.

Pero aquella chica de las gafas feas ya no está en ninguna parte, ni siquiera al otro lado del espejo en el que se mira por primera vez.

Vuelve a la habitación para sacar el lápiz de labios del bolso. Es nuevo, de Chanel, lo compró el día anterior en la *misma perfumería en la que le vendieron la crema cara, cerca de la estación. Regresa ante el espejo para pintarse los labios. Le gusta lo que ve. Es un color amable, nada agresivo, de los que provocan un efecto carnoso. No le gustan los rojos fuertes, ni los rosas nacarados. Mira el número, el 174. Nunca se acuerda de los números de los colores de los carmines. Tampoco de los nombres. De este sabe que se acordará. Se llama Rouge Angélique.*

Angélique, Angélica.

Ella.

3

Angélica había llegado a la Universidad Laboral para trabajar de tutora en el internado. No era aquel su primer trabajo. Había ejercido de maestra en una escuela de niñas durante dos años. Antes de hacerse maestra, había trabajado en la fábrica de conservas, enfrente de la bahía, como la mayoría de las jóvenes de su pueblo. Llovía la mayoría de los días y el aire estaba casi siempre gris. O negro. Sobre todo, cuando salía aquel humo asqueroso y maloliente de la fábrica de harina de pescado que había al lado de su casa. Un humo que cubría con un polvo plomizo todo lo que alcanzaba: los paraguas, las sábanas tendidas, el pelo y los pulmones.

Muchas mañanas solo oía la lluvia, las sirenas de los barcos que entraban en el puerto, el ruido de sus albarcas de madera sobre el pavimento y las olas del mar. A veces, cuando iba con tiempo y no llovía, se paraba unos minutos a contemplar la luz lejana del amanecer sobre los montes. Sabía que al otro lado de las marismas había otro mundo, pero no sabía si podría alcanzarlo algún día. Le habían enseñado pronto que era la propia vida, regida siempre por la voluntad de Dios, la que trazaba los caminos de las personas. Especialmente de las mujeres como ella, pobres y marcadas por haber tenido un padre muerto en la guerra en el bando equivocado.

Cuando llegaba a la fábrica, la esperaba siempre la misma rutina. La bata azul encima de la ropa, el gorro, y la inspección de las manos por parte de la encargada. Las uñas sin pintar y sin restos de comida, ni de cera de las orejas, ni de nada que pudiera ir a parar a las anchoas que tenían que limpiar, una a una. Primero quitarles las cabezas, luego las tripas y la espina central. Luego había que sobar la piel para que no quedara ni una escama antes de meterlas en salmuera, donde estarían varias semanas antes de pasar a las latas. Unas latas que viajarían por todo el país para acabar en las tiendas de ultramarinos regentadas por señores que vestían una bata gris, tan gris como el cielo que aplastaba cada mañana los pocos deseos de Angélica. Y como el olor a pescado que no podía quitarse en todo el día, en toda la semana, por mucho que lo intentara. El olor de las anchoas penetraba por las manos, y se extendía por todo su cuerpo. Le dolían los dedos por la humedad constante: todas las horas que estaba en la fábrica tenía las manos mojadas. Ella y todas las demás. El agua, siempre fría, provocaba que la piel se amoratara y que a los dedos les costara moverse con la agilidad que necesitaban para limpiar las anchoas.

—Algún día me iré de aquí y no volveré —le dijo un lunes a una de sus compañeras, una mujer de la edad de su madre.

—Eso decimos todas a tus años.

—Pero yo lo haré.

—Tú harás igual que las demás: te casarás, tendrás hijos y volverás a la fábrica cuando tus hijos tengan la edad que tienes tú ahora, trabajen, se casen y te hagan abuela. Y así será sucesivamente mientras la tierra siga girando. Porque dicen que la tierra gira. Yo no lo sé, pero si lo dicen, así será —afirmaba la mujer en voz baja, para que no la oyeran las demás, y para que la encargada no la riñera.

A la encargada no le gustaba que las mujeres se distrajeran en conversaciones impertinentes. Especialmente Angélica y su compañera Lucrecia; aunque el padre de Angélica había caído antes de que ella naciera, toda su familia estaba teñida con la pátina del pecaminoso republicanismo. Al marido de Lucrecia le habían dado el paseo porque su barco había ayudado a tres anarquistas a huir a Francia, y a ella le habían rapado el pelo al acabar la guerra.

No obstante, aquello no fue obstáculo para que un día la encargada llamara aparte a la joven.

—El amo quiere hablar contigo.

—¿El amo?

—Sí.

—¿Y para qué?

—Eso no lo sé.

—No he hecho nada malo.

—Ve a su oficina y ya te dirá él lo que sea. Yo no sé nada.

Angélica nunca había estado en la oficina del jefe. Tampoco sabía si debía quitarse el gorro y la bata para estar ante él, que siempre iba vestido pulcramente con corbata, zapatos relucientes y camisas recién planchadas por las criadas de su casa.

Llamó con los nudillos y entró tras la orden del hombre.

4

El despacho era como debían de ser los oasis de los que hablaban las novelas que leía la muchacha de vez en cuando. Un rincón lleno de grandes libros encuadernados en piel. Las paredes cubiertas de antiguos carteles de publicidad de las conservas y de viejas fotos.

El jefe se levantó de su asiento para evitar invitarla a sentarse. No quería que el olor que emanaba de la chica impregnara ninguna de las sillas. En realidad, pensó que habría sido mejor haberla citado en la puerta y no haberle pedido que entrara, pero ya no había remedio, así que fue al grano.

—Te preguntarás por qué te he pedido que vinieras.

—Sí, señor.

—La Sección Femenina está buscando chicas listas para que se conviertan en maestras y eduquen bien a nuestras niñas. Conocí a tu padre antes de la guerra.

—Sí, señor. Mi madre me recuerda cada día lo generoso que es usted al tenerme aquí en la fábrica.

—Sé que eres una chica lista. Como tu padre. Aunque luego se equivocara dramáticamente.

Angélica no contestó. Solo bajó la mirada a la punta de los zapatos del señor, de charol brillante, tan diferente a las albarcas mojadas de ella, cuya humedad enfriaba sus pies casi tanto como hacía el agua con sus manos.

—Creo que podrías ser una buena maestra.

—¿Y dejar la fábrica?

—En la fábrica puede trabajar cualquier chica del pueblo. Pero no todas pueden ejercer la noble tarea del magisterio. Mañana a las tres de la tarde pasará un coche a recogerte a la puerta de tu casa. Te llevará a un colegio de Santander donde estudiarás lo que te manden. Lleva una maleta con ropa y con tus enseres.

—Pero, mi madre, yo…, no sé…

—Ya está todo hablado con tu madre. Le parece bien mi propuesta. Enséñame tus manos, niña.

Angélica extendió sus manos, que el hombre tocó levemente.

—Y piensa que no volverás a tener las manos frías, ni los pies mojados, ni tu piel volverá a oler a pescado.

La chica sintió vergüenza al pensar en su olor, un olor que casi nunca notaba, pero que sabía que estaba ahí, agazapado en cada poro, en cada uno de sus cabellos, en las uñas de las manos y hasta en las de los pies. Pensó que incluso su corazón debía estar impregnado del olor de aquellos peces plateados, que la miraban desde sus ojos redondos, abiertos, muertos, brillantes y sanguíneos cada vez que separaba sus cabezas del resto.

—Cuando termines hoy, la encargada te dará la paga que te corresponde. Y ahora ya puedes marcharte.

Al acercarse de nuevo a la puerta vio una de las fotos antiguas. Mostraba a una mujer muy elegante y a un hombre muy alto junto a un avión en la bahía. En la foto de abajo aparecía la misma pareja con más gente, entre ellos el hombre que tenía a su lado.

—Lindberg y su esposa.

—¿Lindberg, el aviador? ¿El primero que cruzó el Atlántico solo con un avión? ¿Aquí?

—Claro. ¿No te lo ha contado nunca tu madre?

—No.

—Amerizó de emergencia en la bahía porque se encontró con un banco de niebla mientras volaba desde Suiza a Lisboa. Durmió en mi casa. Tu padre no aparece en la fotografía, pero también estuvo presente. Fue en 1933, tres años antes de que empezara la guerra.

—Mamá dice que a mi padre le gustaban más los aviones que los barcos.

—Pero Dios quiso que muriera en el mar.

—Sí —afirma en voz muy baja Angélica, que sabe que el barco de su padre fue torpedeado por uno de los buques más importantes de la armada rebelde, el «Canarias».

—Era un buen hombre. Testarudo, pero buen hombre.

—Sí. Gracias, señor.

—Serás una buena maestra.

Ella no estaba tan segura. Los niños le parecían seres necesarios para que la humanidad siguiera existiendo; pero si no fuera por ese detalle, Angélica pensaba que serían completamente prescindibles. Seres pequeños que se dedicaban a comer, dormir y gritar. Y que cuando crecían un poco tiraban piedras, insultaban y molestaban a los ancianos con sus maldades. Hasta que por fin se convertían en personas, eran monstruos en absoluto interesantes, como animales con los que no se podía hablar, ni pasear por el monte, ni caminar junto a la orilla. Todo eso pensaba Angélica de los niños, aunque no se atrevía a compartir con nadie sus apreciaciones. Mucho menos con el dueño de la fábrica, que le brindaba por fin la oportunidad de salir de su pueblo y de cruzar los puentes al otro lado de las marismas.

Angélica salió de aquel despacho para no volver a poner sus pies en él.

5

Una de las últimas alumnas de la 305 que llegó al internado fue Manolita.

Había viajado durante todo el día en dos autobuses hasta que llegó a Zaragoza. Primero uno desde Roncal hasta Pamplona, y luego otro desde Pamplona a Zaragoza. Y por fin, una furgoneta que la dejó en la entrada de aquel recinto cerrado que iba a ser su residencia durante varios años.

Su madre le había metido en el bolsillo el rosario de pétalos de rosa que le había regalado cuando era joven uno de los curas que frecuentaban el pueblo en verano. Lo había traído desde Roma y tenía la efigie del papa Pío XII, aquel hombre huesudo y de gesto grave que no había conseguido despertar las simpatías de casi nadie. La madre de Manolita tenía varios rosarios y no le importó deshacerse de uno de ellos para que acompañara a su hija en el viaje que la alejaba de ella. Esperaba que aquel objeto bendecido por el mismísimo Pío XII la mantuviera dentro de todos los preceptos cristianos que le había enseñado.

—Y no olvides rezar el rosario cada tarde. Y el ángelus a mediodía.

—Madre, a mediodía a lo mejor tenemos clase y no puedo rezar.

—A mediodía, pararán las clases para rezar el ángelus, como Dios manda. Así es aquí en el pueblo y en todo el mundo en el que no reina el paganismo ni la herejía.

—Sí, madre.

—Y en el autobús reza. Así no te pasará nada. Y no le des conversación a nadie. Solo a Nuestro Señor Jesucristo y a la Virgen María.

Y la madre de Manolita se santiguaba cada vez que pronunciaba los nombres sagrados.

—En la tartera llevas comida para todo el día. Y en la cantimplora, agua. Y en esta botellita —le alargó una ampolla de plástico que reproducía la imagen de la Virgen de Lourdes— llevas agua bendita.

—¿Y para qué sirve el agua bendita, madre?

A punto estuvo de darle un bofetón a su hija al oírle pronunciar unas palabras que consideraba blasfemas.

—El agua bendita sirve para protegerte de todo mal y para alejarte de las tentaciones del demonio —le dijo lo más contenida que pudo—. No sé si es bueno que te vayas del pueblo a ese lugar a donde vas.

—Voy a estudiar, madre.

—Ya. Yo no he estudiado tanto y ni falta que me ha hecho. Y, además, tantas chicas juntas... A saber de dónde vienen. No todas serán de una familia cristiana como Dios manda, como nosotros. Seguro que hay alguna que se va de su pueblo para esconder algo. O para alejarse de padres que no tienen ni un crucifijo en casa y que no le han enseñado ni el avemaría ni la salve.

—¿Hay casas en las que no hay crucifijos, madre?

—Claro. En las casas de los rojos no hay crucifijos.

—Pero padre dice que ya no hay rojos.

—Padre no siempre tiene razón.

—Usted dice que los hombres siempre tienen razón.

—Si no fuera por mí, tu padre ardería en el infierno. Mira, ya viene el autobús.

A la madre de Manolita le vino muy bien ver el vehículo para cambiar de tema.

—Ten mucho cuidado. No hables con nadie. Pásate el viaje rezando el rosario.

—Pero el viaje es largo. Lo acabaré enseguida.

—Pues lo repites una y otra vez hasta que llegues. Cuanto más reces, mejor para ti y para las almas del purgatorio, que siempre se alegran de que alguien rece por ellas. Con cada rosario que les ofreces, sale un alma del purgatorio y va al paraíso.

—¿Y eso cómo lo sabe usted, madre?

—Porque es la verdad, hija mía. Y la verdad no tiene más que un camino.

En ese momento, el conductor abrió la puerta del autobús. Cogió la maleta de la chica y la colocó en la red, encima del tercer asiento. Solo viajaba una pareja de ancianos que iban a Pamplona para pasar el otoño y el invierno con los hijos, y dos monjas que habían estado en el valle para acompañar al padre de una de ellas en sus últimos días antes de ingresar en la lista de almas del purgatorio a las que los rezos de Manolita tenían que salvar.

6

Marilines se lo estuvo pensando tanto que casi pierde la beca que le había concedido el montepío de los ganaderos de la provincia de Ourense. No quería irse del pueblo porque era la mayor de cinco hermanos y sabía la falta que hacían sus manos en la casa. Pero dio en enamorarse del hijo menor de la casa grande y ambos planearon cómo podían seguir su amor lejos de sus familias.

Y es que lo suyo podía convertirse en una réplica de *Romeo y Julieta,* pero en Amoeiro en vez de en Verona: el padre del chico era miembro activo de la Falange y el padre de ella había salvado el pellejo al cambiarse de bando cuando las cosas vinieron peor de lo previsto en el campo de batalla. Cuando acabó la guerra, volvió al pueblo y nadie le preguntó en qué bando había luchado, aunque todo el mundo lo señalaba cuando pasaba a su lado. Él había vuelto con sus vacas, sus quesos, y se había casado con una moza tan callada y tan taciturna como él. Con ella había tenido cuatro hijos, igual de callados y de taciturnos, y a Marilines, que no paraba de hablar y que siempre tenía la sonrisa puesta.

—No sé a quién ha salido esta niña —decían en el pueblo—. No se parece ni a su padre ni a su madre.

—A saber con quién se juntará su madre cuando va a la ciudad a bordar para las señoritas.

Y no, la madre de Marilines no se había juntado con nadie. La chica había heredado el gesto y el carácter risueño de uno de sus bisabuelos, al que todos en la aldea llamaban «el Buenos días» porque siempre saludaba con esa fórmula a todo aquel que se encontrara, bien fuera en la taberna, en el campo, o mientras acarreaba comida para conservar en uno de los hórreos de la plaza. Pero el hombre había muerto poco después de las bodas del rey don Alfonso con la inglesa, y de él ya no se acordaba ni San Marcos, que es el santo patrón de Amoeiro, ni la señora Cira, que era la meiga oficial del concejo y de la que decían que tenía más años que Matusalén.

El caso fue que Marilines y Carmelo decidieron organizar una fuga en condiciones, de manera que nadie sospechara: ella solicitó la beca que la maestra les propuso a las niñas más listas para ir a estudiar a un ente recién fundado por el régimen, y él se inscribió en la Academia General Militar. Y como tanto la Universidad Laboral como la Academia estaban en la misma lejana ciudad, se podrían ver cuando les diera la gana. O al menos eso era lo que creían ellos.

—¿Cómo que a Infantería? —le preguntó el padre al muchacho cuando le contó sus intenciones—. De eso nada, te irás a la Marina como tu tío Ambrosio.

—Que no, padre, que a mí me da mucha aprensión el mar. No puedo ir a la Marina.

—Pero si yo ya me había hecho ilusiones de tener un hijo almirante —protestó su madre—. Con lo guapo que estarías con un uniforme como el que llevaste en la Primera Comunión.

—Ese uniforme está muy bien para comulgar, madre, pero no para servir a la patria —replicó el joven, que detestó su traje de comunión desde el momento que se lo presentaron, todo reluciente, y lleno de flecos y de cordones dorados—. Además, que no. Que no quiero pasarme días, semanas, meses enteros en un barco en medio del mar. Que no sé nadar.

—Pues ya aprenderás.

—Que tengo hidrofobia. Me dan sudores solo de pensarlo, padre.

—¿Hidroqué? —preguntó la madre.

—Hidrofobia, que el niño dice que le tiene miedo al mar en particular y al agua en general, como si fuera una niñita. Habrase visto. ¡Que te dan sudores! Un hijo de tu padre no le tiene miedo a nada. Si yo hubiera tenido miedo en la guerra, no estarías ahora en esta casa. Ni siquiera existirían ya estas paredes, que habrían sido devoradas por el fuego de los herejes. —Las paredes eran de la vieja casa familiar de su mujer, pero hacía tiempo que había olvidado ese detalle—. Si no hubiera tenido la mano firme, no habríais nacido ni tú ni tus hermanos. ¡Miedo! El niño tiene miedo. ¡Por las barbas de san Marcos y de todos los santos!

—Baltasar, no blasfemes —le pidió su mujer mientras se persignaba.

—Tu hijo es el que me hace blasfemar.

—También es hijo tuyo.

—Ya empiezo a dudar de mi paternidad sobre este vástago desagradecido.

Doña Petrita tuvo que controlarse para no contestarle a su marido con ninguna barbaridad.

—Padre, que en la Academia de Infantería es donde ha estudiado el príncipe Juan Carlos, el que dicen que se convertirá en rey.

—¡Dios no quiera semejante desatino!

—Pero, padre, cuando se muera Franco alguien tendrá que coger el mando.

—Franco nunca morirá. Franco es inmortal. Así que no empieces tú con esas tonterías de que volveremos a tener un rey. No ha habido un rey bueno en este país jamás.

—Don Alfonso, el de la película, fue muy bueno. ¡Y bien guapo que era! —intervino de nuevo la madre con un suspiro.

—Al de la película le pusieron la cara de Vicente Parra para que todas las mujeres tontas como tú empezaran a tener simpatía por la monarquía que nos quieren imponer —dijo el padre—. Don Alfonso era un mujeriego, y lo de su amor por su prima María de las Mercedes, una sarta de mentiras.

—¿Y tú qué sabrás, Baltasar?

—Más que tú.

La mujer volvió a morderse la lengua para no contestar. Estaba tan acostumbrada a callar ante las afirmaciones de su marido que no le costaba ningún trabajo. Sabía que él gritaba más que ella, y que en ese tipo de duelo tenía las de perder. Pero conocía bien los talones de Aquiles de don Baltasar.

—Pues al rey lo quiere colocar tu idolatrado don Francisco —replicó el chico, aun a riesgo de ganarse un bofetón.

—Bueno, bueno. Aún quedan muchos años para eso. ¡Tú, a la Marina! Y no se hable más. He dicho mi última palabra.

—Deja al chico que se vaya a Infantería, Baltasar —le pidió la madre a su marido entre sollozos.

Y si había algo en el mundo que don Baltasar no podía soportar era ver llorar a su mujer. Sobre todo, si las lágrimas iban acompañadas de hipidos cortos y continuos como las corcheas de un tango. El hombre había pasado su infancia en Buenos Aires, y las lágrimas sonoras le recordaban a los tangos que cantaban los rufianes que iban del brazo de baratas meretrices en el barrio donde él limpiaba los zapatos de los clientes más distinguidos.

Las lágrimas de doña Petrita eran un salvoconducto seguro para aquello que la dama de la casa grande se propusiera.

Así que Carmelo se fue a Infantería. Y Marilines dejó el pueblo un mes y tres días después para estudiar en la misma ciudad que su enamorado, a cuatro kilómetros y medio en línea recta, pero a un hemisferio de distancia en línea real.

7

Sofía había llegado al internado desde un pueblo del interior de Alicante. Un pueblo rodeado de tierras secas, con un castillo de la Orden de Calatrava en lo alto de una colina, unos cuantos naranjos y tres palmeras.

Sus padres eran agricultores pobres y vivían en una casa de las afueras del pueblo. Tenían tres hijas, lo que era un contratiempo porque no podían hacer las tareas duras del campo. Pero, afortunadamente, las tres habían salido lo suficientemente guapas como para encontrar un marido.

—Madre, la maestra nos ha dicho que puedo pedir una beca para estudiar en Zaragoza.

—¿Y qué se te ha perdido a ti en ese sitio? Debe de hacer mucho frío allí.

—Pues es que allí podré seguir estudiando.

—No tenemos dinero para mandarte a estudiar fuera. Eso solo lo hacen los señoritos. Los demás, si quieren estudiar, van al seminario. Y las chicas pobres se quedan en casa hasta que encuentran marido.

—Pero yo quiero estudiar, madre.

La madre se quedó en silencio. Estaban las dos solas en el corral, dando de comer a las gallinas. Después de un rato, en el que ninguna de las dos abrió la boca, lo hizo la madre.

—A lo mejor tienes razón y es bueno que estudies. Así no te casarás con un gañán como hice yo.

—No hable así de padre.

—Ninguna mentira digo. Si te quedas aquí no podrás aspirar a nada más que a casarte con un hombre como tu padre. Buena persona como el que más, pero labrador pobre también como el que más. Yo también era bonita como tú, y aquí me he ajado como un higo seco. Vete, Sofía, vete y ve mundo. Conoce a hombres que no tengan que arar la tierra de sol a sol, hombres a los que no se les quede en la frente la marca de la boina. Tus hermanas ya se han casado con esos dos del pueblo. Tú todavía puedes remediarlo.

—Pero los maridos de mis hermanas también son hombres buenos, madre.

—Nadie lo pone en duda, bonita —dijo mientras retiraba de la cara de su hija un mechón de pelo—. Pero cuando se quitan la boina, su frente tiene dos colores: el moreno de la parte que le da el sol, y el blanco que se esconde detrás. Prométeme, Sofía, que nunca te casarás con un hombre que lleve boina. Algunos hasta duermen con ella puesta para que no se vea la raya.

—Pero, madre...

—No hay peros que valgan. ¿Tengo que firmar algún papel para que te den esa beca?

—Sí, tienen que firmar los padres para dar su consentimiento.

—Pues firmaremos los dos.

—¿Le parecerá bien a padre?

—Le parecerá.

Y Sofía dejó el pueblo una mañana soleada de octubre. Llevaba puesto un vestido azul de manga corta. Cuando llegó a la estación de Zaragoza, el cierzo levantó su falda y dejó sus piernas a la vista de los cuatro borrachos que vivían en los bancos del andén. También removió su melena de tal manera que le costó varios días desenredarla. En su primera carta a casa no contó ni una cosa ni la otra. Solo le dijo a su madre que no había visto todavía a ningún hombre con boina.

8

Cuando la monja le dijo a Asun que podía irse del pueblo para estudiar en una ciudad, a la chica le dio un escalofrío y se le cortó hasta la moquita que le estaba cayendo en ese momento.

—En cuanto he recibido la carta con la convocatoria he pensado en ti —le dijo—. Creo que es la mejor manera de que te vayas de esa casa.

—No dejará que me vaya.

—Tendrá que hacerlo. De lo contrario yo misma lo denunciaré a la guarda civil o al mismísimo gobernador de Segovia.

Asun era la única chica de su familia. Su madre había muerto al caerse del carro en el que llevaba paja para las vacas. El caballo la había pisoteado y la mujer había fallecido casi en el acto. Cuando llegó el médico desde Segovia lo único que hizo fue certificar que estaba muerta. Esa era, al menos, la versión oficial. Algunas lenguas del pueblo se atrevieron a decir otra cosa que nadie pudo probar nunca. Desde la tragedia, era Asun la encargada de hacer la comida para sus dos hermanos y su padre. A pesar de no poder ir todos los días al colegio, sacaba las mejores notas y las monjas la querían mucho. Sobre todo, porque ellas sospechaban que en aquella casa pasaban más cosas de las que parecía. Y lo sabían porque, aunque la difunta nunca les había contado detalles, hacía tiempo que intuían que algo turbio ocurría entre aquellas paredes. El día del accidente ataron más cabos, dejaron que la Virgen acogiera el alma de la muerta y esperaron a que llegara la ocasión propicia.

Y la ocasión llegó con la posibilidad de que Asun dejara aquel lugar. Por fin se abría una puerta de luz. Una puerta para lavar la culpa del silencio que había profanado su conciencia y la de muchas buenas gentes del pueblo.

—Yo misma te acompañaré a casa con la hoja de la solicitud. Y tu padre tendrá que firmarla quiera o no quiera.

—No querrá.

—Ya lo creo que querrá.

Y la madre superiora y la chica fueron a la casa cuando acabó el colegio. Aunque era mayo, había caído una buena nevada y el suelo estaba mojado. La monja no llevaba otros zapatos que los que calzaba en el convento, y que no se adherían a la nieve. Se resbalaba. Temía caerse y romperse algo. Asun la sujetaba.

—No te preocupes, niña. Dios me protege.

—Debería haber cogido un bastón, madre.

—Ya le pediremos a tu padre que me deje uno.

Cuando llegaron a la casa, estaban los tres hombres echando una partida de guiñote con un vecino.

—Ave María Purísima —dijo la monja a modo de saludo.

—Amén, hermana, amén —respondió el padre.

—No se dice eso, bruto —le recriminó el vecino—. Se contesta «sin pecado concebida».

—Pues eso, hermana, que se concibió sin pecado.

—¿Puedo hablar un momento con usted, señor Manuel?

—Lo que tenga que decir puede decirlo delante de los demás. ¿Qué ha hecho esta desgraciada? ¿Se ha portado mal? ¿Le ha faltado al respeto a alguna de las hermanas?

—No, nada de eso. Es la niña más aplicada del colegio. Va a cumplir los catorce años y el año que viene tiene que empezar sus estudios superiores, pero aquí en el pueblo no puede hacerlo.

—Pues a trabajar. Aquí y en la granja hay faena para ella. No se apure, hermana.

—La chica puede ir a estudiar a Zaragoza. El Estado ha abierto un centro educativo para niñas sin posibles, pero con gran inteligencia. Como Asun —explicó la monja, mientras no dejaba de apoyar su mano en el hombro de la chica.

—Las chicas como ella no estudian más a su edad. A las mujeres no les hace ninguna falta saber más que las cuatro reglas —replicó el padre, que pensaba que las mujeres no valían más que las mulas que tenía en el establo.

—Ya perdonará, don Manuel, pero claro que les hace falta. La Sección Femenina del glorioso Movimiento ha dispuesto que sigan estudiando para formarse y dar lustre a nuestra sagrada patria.

—Ya. Pero no pensará la Sección Femenina que sea mi hija la que dé ese lustre a la nación.

—El Movimiento piensa en ella y en las demás. Usted no tendrá que pagar nada. En esa escuela se hacen cargo de todo, de la educación, de la ropa, hasta de la comida y de los libros.

—Qué suerte, Manuel. Una boca menos —exclamó el amigo, al que la monja lanzó una mirada furibunda.

—Aquí necesitamos a la chica. En la casa hace falta una mujer —dijo el padre.

—Dios no ha puesto en el mundo a esta criatura para que se quede en esta casa —replicó la monja, dando un tono diferente a la palabra «esta».

Se hizo un silencio que arañaba como las uñas de un gato. Ambos se miraron a los ojos sin parpadear. Ni la monja ni el padre desviaban su mirada de las pupilas del otro. La mujer le alargó la mano que tenía libre con la hoja que tenía que firmar. El mentón de la reverenda se había levantado y sus labios estaban apretados. Nunca una boca tan cerrada había dicho tanto. El hombre cogió la hoja sin perder de vista los ojos y la boca de la religiosa.

—¿Dónde tengo que firmar?

—Donde dice «Firma del padre».

—No sé leer.

Asun se acercó a la mesa para señalar el hueco destinado en el folio para la firma.

—Ahí —dijo, y enseguida volvió al lado de la monja.

El padre garabateó su nombre con la caligrafía picuda de quienes no saben escribir bien y se la entregó a la monja.

—Ahí la tiene.

Y Asun pudo dejar su pueblo y todos los silencios que habían desgarrado su inocencia y sus entrañas durante años.

9

Roberta no quería dejar sus montañas. Daba igual que fuera verano o invierno, siempre se las arreglaba para subir hasta los ibones, bien caminando, bien con los viejos esquíes de madera que siempre estuvieron en el granero, o bien con las raquetas que le había fabricado su padre. Durante la semana, estudiaba y leía una y otra vez los pocos libros que había en su casa: cada vez que su padre bajaba a Jaca, se pasaba por la librería y compraba dos o tres volúmenes. Se sabía de memoria algunos pasajes de *Jane Eyre,* de *La Ilíada* y de *Las almas muertas.* Los sábados y los domingos subía a los puertos. Le gustaba contemplar los cambios que las estaciones otorgaban a la tierra, a los árboles, y a los lagos, que se helaban en invierno. Entonces el sol convertía la superficie en un campo de estrellas que refulgían ante la mirada siempre sorprendida, siempre curiosa, de Roberta.

Cuando la maestra, doña Carmen, le sugirió la posibilidad de pedir la beca para ir a estudiar a Zaragoza, Roberta le dijo que no, que no quería dejar su pueblo y sus montes. La maestra insistió durante varios días. Le acercaba el papel de la solicitud y ella, invariablemente, movía la cabeza de un lado a otro.

Estaba a punto de vencer el plazo, y la maestra estaba ya al borde de la desesperación. Roberta era la única de sus alumnas que cumplía los requisitos que se exigían. La niña tenía un gran futuro si accedía a seguir estudiando lejos de aquel lugar al que había llegado ella cuando acabó la guerra y fue represaliada; a doña Carmen la destinaron al lugar más alejado y aislado que encontraron los responsables. La destituyeron de su puesto de bibliotecaria en la capital, le bajaron seis puntos en el escalafón y la mandaron a aquel lugar del que apenas había salido dos veces en los casi treinta años que llevaba allí: cuando murió su hermano y cuando se casó su sobrina con un alto cargo del régimen, al que pidió que le restituyeran su cargo. El nuevo sobrino no le hizo ningún caso y ella decidió no volver a poner los pies en Madrid mientras viviera el Caudillo.

El último domingo de abril se presentó en la borda donde vivía Roberta con su familia.

—Buenos días.

—Buenos días, señorita Carmen —la saludó la madre mientras se secaba las manos con un trapo—. Pase, pase. ¿Ocurre algo?

—Pues sí que ocurre —contestó la maestra.

Mientras le contaba los pormenores de lo que pasaba, llegó el marido. Al oír las explicaciones de la maestra, cogió la hoja que había dejado doña Carmen sobre la mesa.

—¿Y dice que mi hija no quiere ni oír hablar sobre la posibilidad que se le brinda de salir de este agujero?

—La chica está bien aquí, Rosendo. No necesita ir a ningún lado.

—Por supuesto que tiene que irse. Aquí no tiene ningún futuro. Quedamos pocas familias en el valle. Y menos que quedaremos. Cuanto antes se vaya mejor.

—Pero…

—Cuanto antes mejor —repitió el hombre, que era poco dado a las lágrimas, y que estaba haciendo un gran esfuerzo para que no se le escapara ninguna delante de su mujer y de la maestra de Roberta. Firmó el documento y se lo acercó a su mujer—. Ahora tú.

La mujer firmó y sobre la tinta se le cayó una lágrima que emborronó las últimas letras de su nombre.

En esas estaban cuando Roberta abrió la puerta de la casa. Había salido temprano para llegarse hasta el ibón y regresar a la hora del almuerzo, que los domingos consistía en un par de huevos fritos con jamón y con morcilla.

—Buenos días, señorita Carmen. —Enseguida Roberta supo a qué había ido a su casa la maestra, así que no preguntó.

—Tu madre y yo estamos muy orgullosos y queremos lo mejor para ti —le dijo el padre, mientras le cogía un brazo para obligarla a sentarse a su lado.

—Lo mejor para mí está aquí.

—No. Yo sé qué es lo mejor para ti, y eso no te lo pueden dar estas tierras. Tienes buena cabeza y tienes que aprovechar los dones que Dios te ha dado. Esta beca es un regalo que viene en el momento justo. Te irás a Zaragoza y no tendrás que trabajar con las vacas nunca más.

—Pero padre, a mí me gusta ir con las vacas, acompañarlas en verano a los puertos, y ordeñar y...

—Aquí solo hay miseria —continuó el padre—. Casi todos se han ido ya. Este pueblo se convertirá en un pueblo fantasma dentro de poco. Haz caso. Aunque ahora te disguste la marcha, dentro de unos años nos lo agradecerás.

La señorita Carmen asistía en silencio a la conversación. Recogió la solicitud y se levantó para marcharse.

—¿No quiere almorzar con nosotros, señorita? —le ofreció el padre.

—Se lo agradezco mucho, pero tengo que bajar a misa —dijo mientras miraba, resignada, la hora en el reloj—. De paso echaré al correo la carta con la solicitud. Tengo el sobre ya en el bolso con los sellos puestos.

—¿Tan segura estaba de que mis padres iban a firmar?

—Claro. ¿No habrías hecho tú lo mismo en su lugar?

Roberta no contestó y acompañó a la maestra hasta la puerta de la borda. La vio alejarse. La señorita estaba ya a punto de jubilarse y siempre se quejaba de dolores en los pies, en las rodillas y en la cadera. Ahora tenía que caminar tres kilómetros y medio hasta el pueblo. Los mismos que había hecho para subir hasta la borda por el camino pedregoso y a ratos muy empinado que salía desde detrás del lavadero hacia los ibones. Un total de siete kilómetros entre ida y vuelta para que la solicitud de su beca llegara a tiempo.

10

La historia infantil de Hortensia distaba mucho de las de sus compañeras. Ella no venía del mundo rural, no había visto jamás una vaca ni sabía qué era el estiércol. Bebía leche embotellada y desde el terrado de su casa se podía ver el mar.

Sus padres habían llegado a Barcelona antes de que ella naciera. Se habían casado en la ermita de su pueblo y su viaje de novios había consistido en buscar una habitación donde vivir en Badalona: al hombre le habían ofrecido un trabajo en la misma fábrica de camisas en la que trabajaba un primo lejano del cura de su pueblo. Habían hecho las maletas y con el ramito de flores de azahar todavía en la mano de ella, se habían subido a un tren. Cuando llegaron a Barcelona, los ojos de la novia estaban rojos de toda la carbonilla que entraba por la ventanilla abierta del compartimento. Hacía tanto calor y olía tanto a sudor, a orina y a pies que con las ventanas cerradas no había quien aguantara en aquellos vagones. Cuando la joven bajó del tren, le dolían tanto las posaderas y el alma que se arrepintió de haberse casado y de haber dejado su casa: un chamizo junto a la raya de Portugal, que compartía con su familia, y en el que no había ni electricidad ni otra agua que la del pozo.

Hortensia había llegado al mundo diez meses después de aquel viaje en tren. El padre trabajaba tantas horas extraordinarias como podía para que su mujer estuviera contenta y dejara de hablar de volverse al pueblo. La niña creció entre las depresiones de su madre y las ausencias de su padre. Fue primero a un colegio de monjas porque a los colegios nacionales iban demasiados gitanos y los padres no querían que la niña se juntara con desarrapados, según la teoría repetida una y otra vez por su madre. Luego la cambiaron a otro colegio porque en el primero se metían con ella y con sus enormes gafas. En el segundo centro pasó lo mismo, pero sus progenitores decidieron que la criatura tendría que espabilar y aguantarse con los insultos de las demás hijas de la inmigración, que habían olvidado con pasmosa facilidad de dónde venían ellas, sus padres, sus abuelos y toda su parentela desde el comienzo de los tiempos.

La niña se acostumbró y se aisló en los libros y en el ajedrez. Su profesor de Ciencias Naturales, que además era el tutor, les enseñó a jugar, y enseguida Hortensia mostró sus dotes naturales para todo lo que tuviera que ver con la estrategia y la organización espacial. Era como si viera mucho más allá de lo que ocurría en el tablero.

Fue ese profesor el que le propuso lo de la beca para estudiar en Zaragoza.

—Pero a mí me gusta ver el mar, don Eduardo.

—Es una gran oportunidad. He visto lo que están construyendo y hay instalaciones para todo. Ofrecen una gran variedad de actividades deportivas y culturales, incluido el ajedrez. Si yo tuviera tu edad no me lo pensaría ni un minuto. Salvando las distancias, es lo más parecido a un *college* inglés que va a haber en todo el país.

Hortensia no sabía lo que era un «*college* inglés». Solo había leído aquellas palabras en alguno de los libros que le prestaba don Eduardo a escondidas, y ni siquiera era capaz de imaginarlo. Su vida transcurría entre su casa en uno de los barrios de ladrillo de la zona alta de Badalona, el colegio, el taller donde trabajaba su padre cuando le llevaba un paquete con el bocadillo de la tarde, y el mar que veía desde la terraza y desde el otro lado de las vías del tren. Solo algunos domingos de verano cruzaban las vías y llegaban hasta la playa.

Entonces Hortensia observaba el ir y venir de las olas, y veía en sus movimientos el secreto más antiguo del mundo: todo cambiaba, pero todo seguía igual. Las olas eran diferentes, pero el mar era siempre el mismo. Cuando años después leyó la novela de Lampedusa, reconoció en la frase del sobrino del príncipe de Salina las reflexiones de sus años púberes. El sonido tranquilo y homogéneo de las olas se rompía cuando pasaba un tren a sus espaldas. El pitido, agudo y desafinado, y el traqueteo de las ruedas sobre los raíles la sacaban de su ensimismamiento marino. Entonces se ponía de pie y miraba aquellos trenes que no paraban en Badalona porque tenían prisa por llegar a Francia. Hortensia imaginaba que algún día ella también viajaría por aquella Europa de la que no se hablaba mucho y a la que iba poca gente: los que emigraban a Suiza, a Francia, a Bélgica y a Alemania, los temporeros que iban a la vendimia y algún que otro cosmopolita para quien la vida no era un serial en blanco y negro.

—Ese tren no es para nosotros, Hortensia —le decía su madre cuando leía los pensamientos de su hija que volaban con la misma rapidez que el ferrocarril. A ella el tren la había llevado hasta aquel suburbio lleno de gentes que miraban a todos los demás con resquemor, con miedo y con desconfianza.

Para la madre de Hortensia, el tren era un instrumento del que se servía el demonio para llevar a los incautos como ella y como su marido hasta las puertas del mismísimo infierno, y hacer que sus ojos enrojecieran como si la carbonilla saliera directamente de las calderas de Pedro Botero. Cuando se subía uno en un tren, ya no se regresaba jamás.

Recordaba con nostalgia sus tardes en el campo, recogiendo bellotas para elaborar el licor con el que obsequiaba su padre a los señores de Madrid que iban a cazar a las tierras de su señorito, el marqués. O sus paseos junto al muro desde el que veía los toros bravos enamorados de la luna, como decía la canción que escuchaba una y otra vez. En el campo todo era silencio. Ajeno, pero silencio. En su barrio todo eran gritos, motores y timbres. Muchos timbres. Para entrar en las casas. Sobre las bicicletas. En los coches. Siempre aquel chirrido, que era como un peligroso canto de sirena, que la asustaba y al que no lograba acostumbrarse.

—Madre, voy a pedir una beca para irme a estudiar fuera.

—Te irás en tren, ¿verdad?

11

El primer día en la residencia fue el más raro que habían vivido todas las chicas a lo largo de sus quince años de existencia.

Las fueron recibiendo en el vestíbulo y se les iba asignando un colegio y una habitación en el enorme edificio de catorce plantas, el más alto de toda la provincia. Cada colegio tenía el nombre de un color. A ellas les tocó el «Colegio Verde» que no tenía de verde nada más que el nombre y un par de plantitas que una de las tutoras había colocado a la entrada de cada uno de los pasillos.

—¿Y la llave de la habitación? —preguntó Hortensia al conserje que las informaba.

—No hay llave. Las habitaciones están siempre abiertas. Cada una tenéis una taquilla dentro, es bastante grande, y ahí sí que hay llave para que guardéis vuestras cosas más personales.

—¿Tenéis? ¿Tengo que compartir cuarto con otra chica? —Hortensia siempre había dormido sola. Sus hermanos varones eran menores que ella y tenían otra habitación.

—No. Con otra chica no. Con cinco más —respondió el hombre—. Sois seis en cada habitación.

—¿Seis en una habitación?

En ese momento Hortensia se arrepintió de haber dejado el mar, las vías del tren y la casa triste con su madre depresiva, con sus hermanos tan taciturnos como su progenitora y con su padre haciendo más horas que el reloj para estar lejos de su familia el mayor tiempo posible.

—Seis —repitió el hombre con una sonrisa.

Él, el conserje, habría estado encantado de compartir cuarto solo con cinco reclutas más cuando le tocó hacer el servicio militar en Sidi Ifni, allá por el año 57, en medio de las revueltas que habían acabado con la vida de varios cientos de jóvenes en el desierto africano. Había salvado la suya por los pelos cuando su regimiento fue atacado por un grupo de bereberes con alfanjes. Solo había visto aquellas armas tan afiladas en manos de los personajes del tapiz que había llevado a casa su hermano mayor cuando volvió de hacer la mili en Melilla. Un tapiz que horrorizó a toda la familia, pero que enmarcaron y colgaron en la pared de la entrada, al otro lado de la percha.

Sus dos compañeros de literas no tuvieron tanta suerte y perecieron degollados, a su lado, en una misión. Él echó a correr y consiguió apostarse detrás de una duna, desde donde hizo tres disparos que dieron en el blanco. Así vengó la muerte de sus amigos y una parte del miedo que había pasado ese día y todos los anteriores. Porque aquella fue su última jornada en el frente. Se acercó a uno de los enemigos muertos, cogió uno de los cuchillos ensangrentados que llevaba en el cinto y se dio un tajo en un dedo de la mano derecha. Con el dedo colgando llegó a donde estaba el resto del batallón, y el médico lo mandó al hospital de campaña. De allí fue trasladado tres días después a la península. Tenía un dedo menos que cuando dejó su casa, pero había conseguido conservar la vida. Solo su madre sospechó lo que había pasado, pero no le dijo nada a nadie. Ni siquiera se lo dijo a sí misma, no fuera a ser que los pensamientos fueran transparentes y llegaran a donde no tenían que llegar.

El hombre le entregó a Hortensia el carné con su mano de cuatro dedos. La chica lo cogió y reconoció una de las dieciséis fotos que había tenido que mandar cuando le llegó la concesión de la beca. Junto a la foto estaba el nombre del colegio, el escudo y el número de la habitación.

—Por esa puerta sales al exterior, coges el pasillo de la izquierda, cincuenta metros, luego giras a la derecha y tienes el corredor que te lleva directamente a la residencia.

—¿Hay ajedrez aquí? —le preguntó.

—Pues no te sabría decir, criatura. Ya te lo dirán en tu colegio.

Cuando salió de la zona de recepción, vio todos los pasillos que salían de allí. Todos cubiertos para que nadie tuviera que llevar paraguas en caso de que lloviera. Siguió las instrucciones del superviviente de Sidi Ifni y llegó a la entrada del internado. Miró hacia arriba y se sintió como la protagonista de una de aquellas películas que ponían en el cine de verano cerca de la playa. Solo que aquella actriz miraba el Empire State y estaba en Nueva York, y ella estaba en el internado de un polígono industrial a medio hacer entre una ciudad provinciana y un pueblo de casas de adobe.

En la puerta había un grupo de mujeres jóvenes que iban dirigiendo a las recién llegadas cuando estas les enseñaban sus carnés.

—A ver, bonita. ¿Colegio verde? ¿Habitación 305? Tercera planta, pasillo izquierdo. Los ascensores al fondo. También puedes usar las escaleras. Ahora no, que vas cargada, pero en adelante sí. Tres pisos no son nada. Y las escaleras son buenas para tonificar los músculos.

Hortensia no abrió la boca y se encaminó a los ascensores. Nunca había montado en ninguno. Su familia vivía también en un cuarto piso y en su edificio no había ascensor. En toda Badalona debía de haber cuatro o cinco fincas con aquellos artilugios. Solo había visto uno una vez que acompañó a su madre a entregar un vestido a una señorita. La madre le había pedido que se quedara con la portera de la casa, y había subido ella sola, con el alma en vilo durante todo el trayecto. El vestido lo había cosido la vecina, que era modista y que se había puesto repentinamente enferma. Le pidió a la madre de Hortensia que le hiciera el favor, y ella se lo hizo.

Montaron en el ascensor ocho chicas y una tutora con sus bolsas y sus maletas. Ninguna decía nada. La tutora les preguntó y fue accionando los botones con el número de los pisos que les habían asignado a cada una. Siguieron todas calladas con el corazón encogido. ¿Y si se caía aquello? ¿Y cómo se sujetaría? ¿Habría alguien con una manivela subiendo y bajando sirgas a base de poleas? En el tercero bajaron dos jóvenes con sus respectivas maletas de cartón, Hortensia y Marilines.

—Uf, menos mal que hemos llegado —dijo Marilines, aliviada—. Creo que no volveré a montarme en esa cosa jamás. ¡Me iba el corazón a toda prisa!

—Y a mí. Pues anda que las que tengan que ir hasta el último piso. Al menos nosotras podemos bajar y subir andando todos los días. Me llamo Hortensia, ¿y tú?

—María de los Ángeles Custodios, pero todo el mundo me llama Marilines.

—Es más bonito.

—Sí. Y más corto. Oye, ¿tú sabes dónde está la Academia de los militares?

—Ah, pues no. ¿Y qué más te da a ti dónde estén los soldados?

—Es que allí está mi novio.

—¿Tienes novio?

—Sí, se llama Carmelo. ¿Y tú?

—Ya te lo he dicho. Hortensia.

—No, que digo que si tienes novio en tu pueblo.

—No, no. No tengo novio. ¿Y de dónde eres, que hablas así como si cantaras?

—¿Yo? ¿Tú crees que canto? Pues yo te iba a decir a ti lo mismo. —Rio y le dio un codazo a Hortensia—. Soy de Amoeiro, que es un pueblo de la provincia de Ourense. ¿Y tú?

—De Badalona, cerca de Barcelona. Pero mis padres son de Badajoz, bueno, de un cortijo de Badajoz, cerca ya de Portugal. ¿Y qué habitación te ha tocado?

—Pues, espera que mire. He metido el carné en el bolsillo de la chaqueta. Aquí está. La 305.

—La misma que a mí. Estamos juntas —sonrió Hortensia.

—Qué bien. Después de nuestro viaje en el ascensor, me parece que te conozco de toda la vida.

—Tampoco hay que exagerar.

Y es que Marilines era muy exagerada para todo. Ya desde pequeña ponía mucho empeño en todo lo que hacía. El hecho de haber dejado la aldea para irse a Zaragoza era una muestra del entusiasmo que ponía en todas las cosas: tan enamorada estaba de Carmelo que había recorrido setecientos cincuenta kilómetros para quedarse a solo cuatro y medio de él, lo que, en 1967, y dadas las circunstancias del uno y de la otra, venía a ser casi igual que si se hubiera quedado en Amoeiro, provincia de Ourense.

12

Cuando entraron en la 305, ya estaban instaladas Sofía y Asun, que habían llegado el día anterior. Llevaban puesto el uniforme, que les habían dado justo esa mañana. Cuando Marilines vio a las dos chicas con la falda gris plisada, la camisa blanca y el jersey azul marino de cuello pico, se sentó desolada en una silla.

—¿Y tenemos que ir vestidas así?

—Solo entre semana. Los fines de semana podemos ir vestidas como nos dé la gana —le explicó Sofía—. ¿Habéis traído camisas blancas de repuesto? Aquí solo nos dan una y solo podemos usar las lavadoras los sábados.

—¿Cómo os llamáis? Igual nos deberíamos presentar antes de seguir hablando de camisas y de lavadoras. Yo soy Asun y soy de Segovia.

—Sofía, de Alicante.

—Hortensia, de Badalona.

—Marilines, de Ourense.

—Faltan dos más, que según la lista que hay en la puerta son Roberta, de Huesca y Manolita, de Navarra.

Justo en ese momento entró Manolita y al poco rato lo hizo Roberta. A las cinco de la tarde ya estaban las seis en el cuarto que iba a convertirse en su hogar durante muchos meses. Una habitación de no más de veinte metros cuadrados en la que además de los armarios, había seis literas, seis sillas y una mesa. La puerta no tenía cerrojo y la ventana daba al campo. Desde ella se veían montes de caliza blanca sin un árbol ni medio. Varias grúas y bloques de hormigón señalaban que en la zona se estaba construyendo el polígono industrial que daría vida a los pueblos cercanos.

—Si al menos se pudiera ver el mar —exclamó Hortensia.

—O la academia de los militares.

—O las montañas.

—O los campos de trigo.

—O las palmeras.

—O el río.

Cuando entró Angélica por primera vez en la habitación, las seis chicas estaban mirando a través de la ventana. El polvo que traía el viento desde los montes cercanos se estrellaba en los cristales mientras ellas veían en su memoria los paisajes que acababan de dejar. O los que deseaban contemplar, como era el caso de Marilines.

—Buenas tardes, chicas —la voz de Angélica las sacó de sus pensamientos—. Bienvenidas a la Universidad Laboral. Voy a ser vuestra tutora en el internado durante todo este curso. Estaré a vuestra disposición para cualquier cosa que necesitéis, para resolver vuestras dudas y para orientaros en lo que haga falta. Si surge algún problema aquí estaré para intentar solucionarlo. Los días son largos, la convivencia a veces es complicada. Somos muchas personas las que vamos a vivir en este edificio que parece un rascacielos.

—Es como la torre de Babel. No se deberían construir casas tan altas. Es como si los hombres quisieran llegar a los territorios de Dios —la cortó Manolita.

—No había terminado de hablar, jovencita. Acostúmbrate a no interrumpir cuando habla una persona mayor que tú. ¿Cómo te llamas?

—Manolita, para servirla a usted. Perdone, no era mi intención molestarla.

La tutora se acercó a la chica y siguió hablando sin apartar su mirada de ella durante unos segundos.

—Aquí no estamos ninguna para servir a nadie, así que olvídate de esa frasecita.

—Sí, señorita.

—Casi tres mil personas —continuó Angélica— vamos a compartir residencia, y aulas, espacios deportivos, comedores, espacios culturales y religiosos. No debe de ser fácil organizar a tanta gente. Así que con respecto a la parte que me corresponde, quiero que todo funcione bien. Quiero que esta ala del Colegio Verde sea la mejor. Y que esta habitación sea siempre ejemplar. La quiero siempre recogida y ordenada. Antes de bajar a desayunar, las camas deben quedar hechas y la mesa vacía. Las sillas colocadas debajo y nada por los suelos. No podéis hacer agujeros en la pared para colocar nada. Si queréis ver las fotos de vuestras familias podéis tenerlas en el cajón de la mesilla y contemplarlas cuando queráis, pero nada de celo ni de chinchetas que estropeen las paredes. Estrenáis todo, quiero que cuando acabe el curso los muebles no tengan ni una raya, ¿habéis entendido?

—Sí, señorita —contestó Manolita, a la que la mujer había vuelto a mirar durante sus últimas frases.

—Perfecto. —Angélica abrió una bolsa que había dejado sobre la mesa cuando entró—. Os he traído unos caramelos de bienvenida.

Los caramelos tenían dibujos de flores como mosaicos venecianos y estaban dentro de pequeñas bolsitas de papel de celofán atado con un lazo verde y con una tarjeta. En cada una estaba escrito en tinta el nombre de una de las chicas con una elegante caligrafía.

—Muchas gracias, señorita. ¡Qué bonitos! —exclamó Asun, que no estaba acostumbrada a que nadie le regalara nada.

—Bonitos y muy ricos. Son mis preferidos —añadió Angélica.

—¡Y ha puesto nuestros nombres! —Roberta nunca había visto su nombre escrito con tanto primor.

—Escribir vuestros nombres ha sido empezar a conoceros antes de que llegarais.

Y así había sido. Angélica había puesto todas las fotos encima de su mesa antes de pegarlas en las fichas.

Conforme las iba pegando iba escribiendo en las tarjetas los nombres de cada una de las ciento veinte niñas que tenía a su cargo. A cada rostro le correspondía un nombre que empezaba a contar sus historias. Conocer el nombre es conocer una parte de la esencia de las personas, pensaba Angélica, que había leído algo sobre esto en un viejo libro sobre los antiguos egipcios.

—¿Y cómo se llama usted, señorita? —le preguntó Marilines, sin dejar de observar las uñas largas y pintadas de aquella mujer.

—Me llamo Angélica.

—Gracias, señorita Angélica, por los caramelos —le dijo Sofía.

—Señorita Angélica no. Solo Angélica.

13

El comedor del internado era el local más grande que habían visto jamás. En nada se parecía ni al comedor de sus casas, ni a las naves donde se guardaban las vacas en invierno en la borda o en la granja, ni siquiera al taller textil de Badalona.

En realidad, había dos comedores gemelos, de proporciones igualmente inabarcables a la mirada. No se distinguía a las chicas que se sentaban en las esquinas del fondo. Ellas se sentaron en una de las mesas que había al lado del torno del que salían las bandejas ya con la comida puesta.

Unas bandejas de acero inoxidable, cuadradas, divididas en dos triángulos grandes, dos pequeños y un rectángulo estrecho en el centro para los cubiertos. En los triángulos grandes, el primer y el segundo plato, directamente puestos en la bandeja. En los pequeños, el pan y el postre, que podía ser un yogur, una manzana, un flan o una naranja.

Uno de los primeros días había naranja de postre. Y Manolita se puso a comerla como siempre habían hecho todos en su familia. Le dio un mordisco a la piel, que luego fue quitando con las manos. Aún no había terminado de pelarla cuando se acercó a la mesa una de las tutoras. No era la suya, ni siquiera era de su colegio. Era una de las tutoras de las mayores. Cuando llegó a la mesa de las chicas, le preguntó a Manolita.

—¿No sabes comer la naranja de otra manera?

—No. Siempre la he comido así.

—¿Y vosotras? Veo que tampoco habéis pelado la fruta como se debe.

En los platos de todas había restos de la piel cortada de muy diferentes maneras.

—Voy a contaros una historia —dijo mientras cogía una silla de la mesa de al lado, y pedía una naranja y un plato en el torno—. Hubo una vez un príncipe que empezó a pelar una naranja de cualquier manera, así como habéis hecho vosotras. Cuando su maestro lo vio, le dijo que así no se hacía. Se sentó a su lado y le enseñó a hacerlo de esta manera.

Entonces la mujer cogió la naranja que le llevó una de las ayudantes de la cocina. La colocó en el plato, le clavó el tenedor y empezó a cortarla en cuatro trozos. Una vez que la hubo troceado, clavó el tenedor en cada uno de los pedazos y fue quitando la piel con el cuchillo sin tocar ni la piel ni la pulpa de la naranja en ningún momento.

—Cuando acabó de enseñar al príncipe cómo se cortaba la naranja, el joven le preguntó: «¿Y qué más da cortarla de una manea o de otra?», a lo que el maestro le contestó: «Desde este momento sabes hacerlo bien, y podrás elegir cómo te la quieres comer. Si solo lo sabes hacer de una manera no podrás elegir. Ahora, cuando comas en palacio, con reyes y señores, sabrás cómo tienes que pelar la naranja. Y cuando estés en el campo, puedes comértela como te dé la real gana». Pues eso, queridas jovencitas. Ya sabéis cómo hay que pelar y cortar una naranja en público y sin mancharse las manos. A partir de ahora, espero no veros hacerlo de otra manera en el comedor. Y hala, que se hace tarde y tenéis que lavaros los dientes antes de las clases de la tarde.

Las chicas se habían quedado calladas mientras contemplaban la habilidad de los dedos de aquella mujer con los cubiertos y la naranja. Ninguna de las seis había visto a nadie hacer algo parecido con ninguna fruta. En sus casas no se seguía ningún protocolo a la hora de comer. A Sofía nadie le había dicho que no se masticaba con la boca abierta, porque era lo que hacía el resto de su familia. Los padres de Hortensia sorbían la sopa con ruido, y ella también. Marilines y Manolita cogían el tenedor con la mano derecha, mientras que Asun y Roberta comían con los codos apoyados en la mesa y con la cara encima del plato.

—Vaya tontería —dijo Marilines—. ¿Qué más dará comerse la naranja de una manera o de otra?

—Uf, esta mujer —confesó Manolita— me ha hecho sentir como si acabara de bajar del árbol, como si fuera un mono sin evolucionar.

—¡Qué bien te has aprendido la lección de Ciencias! —exclamó Sofía.

—¡Cómo se nota que te gusta don Antonio! —apuntó Hortensia con intención.

—¡Vaya ocurrencia! Don Antonio podría ser mi padre.

—Menos lobos, que no tiene ni veinticinco años —repuso Asun.

—Hala, dejadme en paz.

—Seguro que don Antonio sabe comer la naranja como nos ha explicado la bruja esa —aseveró Sofía—. Tiene pinta de venir de muy buena familia. ¿No os habéis fijado en sus manos? Esos dedos tan largos denotan que ni él ni ninguno de sus antepasados han cogido una pala en sus vidas.

—Vaya, ahora parece que eres tú la que se sabe bien la lección sobre la evolución genética —replicó Manolita—. En realidad, don Antonio lo explica todo muy bien, pero no tiene razón. No venimos del mono. Nos creó Dios a su imagen y semejanza.

—Amén —contestó Hortensia.

—No seas descreída —le pidió Manolita.

—He dicho «amén», que es lo que se dice cuando se reza. Tus palabras son a mis oídos como oraciones bendecidas, querida.

—Irás al infierno de cabeza.

—No lo creo. De momento, venga, daos prisa, que vamos a llegar tarde a clase —avisó Hortensia.

—¿Qué toca ahora? —preguntó Roberta.

—Religión —contestó Manolita—. Menos mal, un poco de orden.

—Con don Luis. Ese sí que es guapo —dijo Roberta con un suspiro.

—Que es el cura. No digas disparates. Y además tiene ya una edad.

—Pero es guapo. Los curas también tienen derecho a ser guapos.

—Los curas son curas, y representan a Dios y a Nuestro Señor Jesucristo —repuso Manolita.

—Y al Espíritu Santo —continuó Hortensia—. Así que valen por tres. El cura que sale guapo es guapo tres veces.

—Lo que te digo, Hortensia, vas a ir derechita al infierno.

—Mejor, el infierno está lleno de gente interesante, mientras que en el cielo solo deben de estar las beatas como tú.

14

Todos los días a la hora del recreo había misa. También por la tarde a las seis, una vez que terminaban todas las clases y las actividades deportivas: primero el rosario y luego otra misa. Manolita iba a las dos misas diarias y al rosario.

—Qué exagerada eres, Manuela —le decía Roberta—. Lo tuyo es una barbaridad.

—Rezo por todas vosotras, que sois medio ateas. Ya me decía mi madre que aquí me encontraría con hijas de los que quemaban iglesias y mataban curas.

—Oye, guapa, que en mi familia nadie ha matado a ningún cura. Ni a nadie, que yo sepa. Y yo no necesito que reces por mí, así que te puedes evitar alguna de las misas semanales.

—También rezo por las almas del purgatorio.

—Pero ¿de verdad crees en esas cosas?

—¿Es que tú no crees que hay un purgatorio donde van las almas de los que no están preparados para entrar en el paraíso?

—Pues no, hija, ¿cómo me voy a creer semejante cosa? Además, si no han hecho puntos suficientes para que san Pedro les abra sus puertas, ¿cómo los logran dentro del purgatorio?, ¿qué tienen que hacer, según tú, para salir de él?

Cuando llegaban a este punto de una conversación que repetían de vez en cuando, Manolita se ponía roja de rabia.

—Pues no sé, tendrán que portarse bien con las demás almas.

—¿Y cómo se porta un alma bien con las demás, si se supone que no tienen ni cuerpo ni nada?

—Por eso hay que rezar y dar limosnas para salvarlas. Porque ellas de por sí no pueden hacer mucho.

—¿Y tú crees que tus oraciones lo conseguirán?

—Mi madre dice que por cada rosario rezado sale una.

—Pues entonces ya debe de estar vacío el purgatorio. Solo con todo lo que rezas tú no debe de quedar nadie allí dentro.

—También hay que dar limosnas. ¿No has visto que en casi todas las iglesias hay una caja para meter dinero por las almas?

—Pues no, la verdad es que no.

—Igual que hay cajetines para ayudar a los pobres, o para comprar velas, hay cajetines en los que pone bien claro: «Para las almas del purgatorio». Entonces, si pones dinero, el cura reza por las almas y sale alguna.

—Y de paso, el cura se lo gasta en cerveza.

—Acaso en el vino de consagrar para la Eucaristía.

—Anda, anda, que eso no hay quien se lo crea.

—¿Lo del vino de consagrar?

—No, lo de las almas de purgatorio.

—Eres una atea.

—No es verdad.

—Rezo por ti cada día, para que entres en razón.

—Pues no reces por mí para eso, de verdad. Te lo agradezco igual, Manuela.

—¿Y por qué me llamas siempre Manuela en vez de Manolita, que es como me llama todo el mundo?

—Porque yo no soy como todo el mundo.

—Ya. Tú eres una hereje. ¿No te han enseñado todas estas cosas en el colegio? ¿Ni en casa? ¿Es que no has hecho la primera comunión?

Y no, ni en casa de Roberta ni en el colegio se hablaba nunca del purgatorio. Solo se lo nombraba cuando se leía el *Tenorio* el día de difuntos en la escuela, costumbre que tenía doña Carmen desde sus años mozos. Cuando llegaban a aquel verso en el que Brígida exclama eso de «¡Ánimas del purgatorio!», sus alumnas pequeñas, venidas de las bordas de las montañas le preguntaban que qué eran las ánimas y el purgatorio, ella les contestaba con un aséptico «ya os lo contarán cuando hagáis la primera comunión». Pero las que no hacían la comunión, o la hacían deprisa y corriendo como Roberta, se quedaban sin saberlo.

—Claro que la he hecho. Como todas.

—¿Con catequesis?

—Pues no sé. Un día vino el cura al colegio. Nos dijo que al día siguiente fuéramos todas con una mantilla blanca de nuestras madres y con una vela, y ya está. Nos vestimos con lo mejor que teníamos, el velo y la candela, y nos dio la hostia. Sin más.

—Pero la maestra os prepararía antes para que negarais a Satanás y todo eso.

—Pues no.

—Pero ¿qué maestra has tenido todos estos años? —le preguntó Manolita mientras se santiguaba.

—Doña Carmen, la mejor maestra del mundo. Lleva ejerciendo desde antes de la guerra. Se jubilará dentro de poco.

—¿Antes de la guerra? —repitió Manolita con intención.

—Sí. En los años de la República ya era maestra. Y bibliotecaria. Y era la encargada de elegir libros para las bibliotecas de Madrid.

—Uy, qué mal me huele eso.

—¿Por qué lo dices?

—Porque debía de ser una maestra republicana. Metieron a muchas en la cárcel por rojas.

—¡Qué sabrás tú!

—Más que tú, que el cura de mi pueblo nos contaba muchas cosas de aquellos años.

—Pero ¿os vais a callar de una puñetera vez? —La voz de Sofía les cortó la conversación—. No me dejáis concentrarme para el examen de mañana.

—¿Y por qué no te has ido a estudiar a la biblioteca con las demás? —Roberta prefería siempre estudiar en la gran sala, cerca de los libros.

—Porque me duele la tripa. Me va a venir la regla, y prefiero estar en la habitación.

—¡Qué rollo lo de la regla! Cada mes, zas, esa visita pringosa y maloliente.

—A mí todavía no me ha venido —dijo Manolita.

—Es que a las beatas no os viene. Las ánimas del purgatorio retienen vuestra sangre para alimentarse de ella como vampiros.

—Roberta, además de atea, eres imbécil.

—Y además, sois puras e inmaculadas como la Virgen María. No podéis manchar vuestro cuerpo con algo tan asqueroso como esa sangre roja e infernal que sale del cuerpo.

—Y tú también eres imbécil, Sofía. Iréis las dos al infierno.

—Si está don Antonio en el infierno, bienvenido sea.

15

Y es que don Antonio era el profesor más joven de todo el claustro. Acababa de terminar la carrera de Física cuando lo reclutaron para dar clase en el centro que se iba a inaugurar como profesor no numerario, es decir, como interino.

—¿Seré un PNN?

—De momento —le contestó su tío Renato, que fue quien se lo propuso. Era íntimo de Girón de Velasco, ideólogo de las universidades laborales—. Luego saldrán oposiciones y te convertirás en un funcionario como yo.

A Antonio no le convencía la idea de convertirse en funcionario. Había leído a Larra y a Valle Inclán y tenía la impresión de que los funcionarios eran unos vagos. Y él no había estudiado una carrera tan difícil para conformarse con cortar un cupón todos los meses y esperar a que le llegara la jubilación. Él había pensado en convertirse en investigador, no en maestro.

—Pero, tío, a mí lo que me gusta es la ciencia, el laboratorio, descubrir algo que ayude a la humanidad.

—A tu edad somos todos unos idealistas, sobrino. Ya se te pasará la tontería cuando cobres el primer mes: un montón de billetes metidos en un sobre. Además, enseñar a esas chicas que van a estudiar ahí ha de ser muy grato. Vas a desasnar a un montón de criaturas. Eso sí que es una verdadera ayuda a la humanidad.

—¿Desasnar?, qué bruto es usted a veces, tío.

—Es lo que hacen todos los maestros, desasnar criaturas. A mí también me desasnaron los míos en su día. Y ya ves, he llegado a donde he llegado gracias a ellos.

—Pero, tío…

—No hay peros que valgan. Serás profesor.

Y así fue como Antonio dejó el que podía haber sido un brillante porvenir en la ciencia para convertirse en profesor de cientos, miles de chicas que pasaron por sus manos durante los más de treinta años que se dedicó a la docencia.

No obstante, siguió habiendo «peros» que don Renato no llegó jamás a sospechar. Pues, aunque hijo y sobrino de peces más o menos gordos del régimen, a Antonio le gustaba saber lo que pasaba al otro lado de la frontera. Así que, todavía siendo estudiante y aprovechando que estaba exento de hacer la mili por tener los pies planos, un verano cogió aquel tren que veía Hortensia desde la playa y se fue a Francia con la excusa de practicar el idioma galo. En Francia compró libros que estaban censurados en España y revistas prohibidas. Un día, en una librería de Toulouse se le acercó un hombre que vestía un largo abrigo negro.

—Es usted español, ¿verdad? —le preguntó con un marcado acento catalán.

—Sí, señor, para servirle a usted, a Dios y a la patria.

—Déjese de servir a nadie. Aquí no decimos esas cosas.

—¿Vive usted en Francia?

—Sí, joven, desde el 36, tuve que salir del país para que no me fusilaran. En el 41 me mandaron al campo de concentración de Dachau, muy cerca de Múnich, sobreviví y volví. Y aquí sigo, como muchos compatriotas que tuvieron que dejar España por culpa de lo que allí llaman el «glorioso movimiento», y aquí llamamos «el movimiento de la madre que los parió». ¿Me sigue usted, joven?

Antonio nunca había oído hablar a nadie de esa manera y estaba un poco aturdido.

—Lo sigo, lo sigo.

—Pues venga conmigo a tomar un café y le contaré algunas cosas más.

Y así fue como Antonio empezó a frecuentar a miembros del Partido Comunista en el exilio. Cuando comunicó sus dudas acerca de entrar como profesor en una de las universidades laborales que había creado el régimen para formar a las nuevas generaciones en el ideario falangista, especialmente a jóvenes de altas capacidades intelectuales, pero de familias humildes sin otra posibilidad de acceso a la educación superior, a los responsables del partido se les abrieron los ojos como platos.

—Pues les va a salir el tiro por la culata —dijo Jorge, alias «Chungo», que era el que había contactado con él en la librería—. Meteremos profesores como tú. Seréis como submarinos, nadie sabrá quiénes sois, iréis navegando en silencio en las aguas quietas, con prudencia, pero con inteligencia, y en el momento propicio haremos que sus valores estallen por los aires.

Y Antonio se dio cuenta de que su contribución al desarrollo de la humanidad pasaba por aceptar la oferta de su tío con la mejor de sus sonrisas y con el mayor de los entusiasmos. Sí, él sería uno de aquellos submarinos y nadaría entre las dos aguas que lo empujaban a convertirse en algo con lo que no había contado. Diría adiós a la universidad y a la investigación científica. Sería profesor y debería aprender a bucear en las aguas del régimen y en las de la clandestinidad.

Nunca olvidaría el día en el que se inauguró el centro, con el obispo, los canónigos del Pilar, un montón de camisas negras, y todos con el brazo levantado. Él también lo tuvo que levantar mientras se izaba la bandera y cantaba el himno que se entonaba en su casa todos los días antes de desayunar. Pensó en sus compañeros exiliados y no pudo evitar que se le cayeran dos lágrimas.

Lágrimas de rabia contra el mundo y contra sí mismo, que había renunciado a lo que más le gustaba para hacer lo que los demás, su tío por un lado y el partido por el otro, consideraban un deber con la patria. Aunque la patria tuviera diferentes significados para unos y para otros.

16

Los únicos pescados que comía Manolita en el pueblo eran las truchas que su padre pescaba en el río. Las cocinaba su madre con una loncha de jamón serrano entre los dos lomos, y con una salsa de alcaparras. El pescado de mar no lo había visto más que en la Enciclopedia del colegio. Como no siempre había truchas, algún viernes en su casa solo se comían garbanzos de ayuno, es decir, con huevo duro como único acompañamiento de origen animal. El primer viernes que estuvieron en el internado, en la bandeja apareció una rodaja de merluza rebozada con un gajo de limón.

—Menos mal que nos dan pescado hoy viernes —había dicho Manolita.

—¿Y eso por qué? —preguntó Hortensia.

—Porque los viernes no se puede comer carne a no ser que tengas bula. Es día de ayuno porque en viernes mataron a Nuestro Señor Jesucristo.

—¿Y qué tiene que ver que lo mataran en viernes con comer carne?

—La carne nos recuerda los pecados de la humanidad por los que Jesús murió —explicó Manolita.

—¿Y tú por qué eres tan religiosa? —le preguntó Roberta.

—¿Es que tú no lo eres o qué?

—Sí, claro. Pero no tanto como tú. Lo tuyo es una exageración.

Y es que Manolita bendecía la mesa cada vez que se sentaban a desayunar, a comer o a cenar.

—«Bendice, señor, estos alimentos que vamos a tomar, por los que te damos gracias hoy y en todo lugar. Te pedimos por las almas del limbo y por las del purgatorio. En el nombre del Padre, del Hijo y del Espíritu Santo. Amén». Y ahora tenéis que decir todas «Amén» —les recordaba cuando alguna se quedaba callada.

—Somos las únicas que hacen estas cosas —decía Sofía.

—Pues mejor, así tendremos más sitio cuando vayamos al paraíso.

—Pero qué obsesión tienes con el paraíso, hija —exclamaba Roberta—. No sé por qué has venido hasta aquí para estudiar, si lo que tendrías que hacer es meterte a monja.

—Dios quiere que le sirva de otra manera que haciéndome monja.

—¿Te lo ha dicho él? —preguntó irónica Asun.

—Igual resulta que hablas con Dios como santa Teresa.

Don Luis había hablado de la santa de Ávila dos días antes y habían comentado uno de sus poemas.

Les había explicado lo de la unión mística, algo que nadie había entendido. Tampoco Hortensia, que era la que había hablado.

—Dios tiene muchas maneras de comunicarse. Mi labor estará en ayudar a que muchas niñas encuentren el camino de redención. Para eso me tiene Dios destinada y por eso me ha traído hasta aquí. Me formaré como educadora y luego enseñaré a las niñas la verdad de los evangelios.

—¿Te harás tutora como Angélica?

—No exactamente. Mi misión no está en este lugar. Esta residencia es un sitio de paso.

—Pero querrás casarte, tener hijos —le dijo Marilines.

—Dios no me ha destinado al matrimonio.

—Hablas como si estuvieras predicando. Cada vez que dices algo así, me parece que estoy oyendo al cura de mi pueblo.

—Bueno, ese es el mejor halago que me podías decir, Roberta. Los curas están ungidos por la mano del Señor —terminó la frase mientras hacía la señal de la cruz—. Y ahora vamos a comer que se enfría el pescado, y eso ofende a Dios y a los pobres niños de las misiones que no tienen nada que comer.

—¿Y qué más les dará a los negritos del África tropical que comamos el pescado frío o caliente? —le preguntó Sofía, después de clavar el tenedor en la rodaja de merluza—. Por mucho que pensemos en ellos, no les va a llegar nuestra comida.

—Les llega, claro que les llega. Lo que pasa en esta mesa llega al corazón de la selva mediante nuestras oraciones. No lo dudéis.

Pero todas las demás lo dudaron. Solo Manolita se comió el pescado pensando que con cada trozo que entraba en su boca estaba alimentando a un niño de las misiones. Sobre todo, si era viernes de Cuaresma.

17

Fue precisamente un viernes cuando, después de las clases de la tarde, entró Angélica en la habitación de las chicas. Estaban las seis a la mesa, haciendo juntas la traducción de latín: ese día tocaba *La guerra de las Galias*, del mismísimo Julio César.

—¡Qué aburrimiento, madre mía! —exclamó Marilines—. ¿Por qué tenemos que traducir esto? Todo el rato batallas, batallas y más batallas. Nos podían mandar traducir algo de amor, ¿no os parece? Ese libro IV de *La Eneida*, que dicen las mayores que es tan bonito. ¿Por qué no nos lo dan a nosotras?

—Porque es más difícil. Primero Julio César, luego Cicerón, y después Virgilio —explicó Sofía—. Ese es el orden.

—Podíamos traducir textos sagrados. Al fin y al cabo, hasta hace bien poco las misas eran en latín.

—Manuela, déjalo. De verdad, por favor, por lo que más quieras. Por Dios y por la Santísima Virgen María te lo pido. Deja de hablar de religión a todas horas. —Marilines era la única que se atrevía a decirle claramente a Manolita lo que pensaban todas—.

Amor, poemas de amor, eso es lo que quiero traducir yo.

—Pues tú solo piensas en el amor, sobre todo en el de ese soldadito tuyo.

—No es un soldadito. Va para oficial.

—Seguro que encuentra otra novia. Vete olvidándolo —Manolita no levantó los ojos del cuaderno mientras hablaba.

—Eres una idiota. Lo que pasa es que tienes celos.

—¿Celos yo? Que yo no pienso casarme nunca, que no te enteras, Marilines.

—Hola, chicas —la voz de Angélica las sacó de las explicaciones de Julio César, de las de Manolita y de los pensamientos en el cadete.

Carmelo salía todos los fines de semana con su elegante uniforme, en el que se fijaban muchas de las jovencitas de la ciudad que no estaban internas a cuatro kilómetros y medio de la academia militar. Pero eso Marilines no lo sabía, y seguía suspirando por él.

Enseguida Asun se levantó para que se sentara la tutora.

—Siéntate en la cama —le dijo la mujer.

—A la directora no le gusta. Dice que se estropean los colchones.

—Por un rato que te sientes no se estropeará nada.

Asun se sentó y mantuvo la espalda hacia delante para no darse con la cabeza en la litera de arriba, que era la de Roberta.

—Bueno, chicas. He venido para proponeros una cosa que creo que os va a gustar. Le llevo dando vueltas desde hace varias semanas. Bueno, en realidad, lo vengo pensando desde antes de que empezara el curso. He pedido permiso a la dirección del colegio y al rector. Todos me han dado el visto bueno. Ahora os toca a vosotras.

—¿De qué se trata, Angélica? —le preguntó Roberta.

—Teatro.

—¿Teatro?

—Sí. Uno de los objetivos del internado es que tengáis una educación integral. O sea, que no se os enseñen solo conocimientos, sino muchas cosas más.

—Por ejemplo, a comer naranjas con los cubiertos, ¿no? —preguntó Manolita.

—¿A hacernos mujeres perfectas para llevarles las zapatillas a nuestros maridos? —Hacía pocos días que habían visto en el cineclub la película *My fair lady,* y la escena final había puesto de muy mal humor a Asun y a Hortensia.

—Nada de eso —afirmó Angélica rotunda—. Quiero que montemos una obra de teatro. Empezaremos los ensayos la semana que viene.

Lo más cercano al teatro que habían experimentado las chicas había sido en las funciones navideñas de sus respectivos colegios. Les había tocado interpretar a alguno de los pastores de Belén. Solo Marilines hizo una vez de Virgen, pero se puso tan nerviosa que se le cayó el niño al suelo. Afortunadamente, el bebé era un muñeco de plástico, Marilines lo recogió y lo abrazó con mimo. Cuando acabó la representación, el cura le dio una bofetada tal que le dejó marcados los dedos en la cara.

—Pero ¿por qué le ha pegado a la niña? —se atrevió a preguntarle doña Cira, la meiga, que estaba entre el público y había visto el bofetón.

—¿No ha visto usted lo que ha hecho esta pequeña bruja? —El cura subrayó lo de «bruja» mientras miraba a doña Cira como si esta fuera la representación del diablo—. Ha dejado caer al mismísimo niño Dios. Arderás en el infierno, María de los Ángeles Custodios.

—Me parece que usted arderá muchísimo antes, padre Nicanor.

—La llama que acompañará a mi alma será la de la zarza a través de la cual Nuestro Señor se comunicó con Moisés.

—No esté tan seguro, padre. No esté tan seguro.

Dos días más tarde hubo un incendio en la casa parroquial. De don Nicanor no quedó ni la dentadura con los dos dientes de oro que habían sustituido a los colmillos que había perdido, no se sabía cómo, durante la guerra.

A Marilines aquello le había dado tanta impresión como la bofetada, y se había jurado no volver a salir nunca más en ninguna obra de teatro, ni como Virgen, ni como pastora ni como nada de nada.

—Yo no puedo hacer teatro —dijo.

—Anda, ¿y por qué? ¿Te lo prohíbe tu religión o qué?

—No, no es eso.

—¿Pues entonces?

—Es que he hecho una promesa.

—¿A la Virgen o algo así? —le preguntó Angélica.

—Más o menos.

—Puedes contárselo a cualquiera de los sacerdotes, y te redimirán de cumplir la promesa, si es que quieres participar. A mí me gustaría que lo hicieras —le sugirió la tutora.

—Es que no lo haré bien.

—Claro que sí.

Marilines pensó que a los curas era mejor no meterlos en eso. Por si acaso. No fuera a ser que salieran ardiendo como don Nicanor.

18

Angélica había estado pensando en la idea de montar una obra de teatro desde que la Sección Femenina le ofreció el trabajo. La habían ido a buscar a la escuela donde daba clases en Santander y ella había aceptado sin pensárselo. Estaba harta de la lluvia y del novio con el que había estado saliendo durante dos años. En realidad, no era un novio tradicional. Era un marino un poco tartamudo, casado en el Ferrol y que tenía un amor en cada puerto. En el de Santander era Angélica. En el de Valencia una tal Lupe, que pintaba platos en una fábrica de cerámica, y en el de Cádiz una recadera que recorría las tabernas y que se llamaba María de la Soledad y a la que todo el mundo llamaba Marisol, como la niña cantante de moda. Claro que de todo esto Angélica no sabía nada de nada.

Angélica pasaba con él una tarde de sábado al mes. Concretamente, la del tercer sábado. El primer año paseaban juntos por los jardines de Piquío y por los de la Magdalena. Incluso habían cruzado un par de veces hasta Somo y se habían bañado en la playa por la noche.

Los sábados del segundo año los pasaban en la habitación de una pensión del Paseo de Pereda que había conocido tiempos mejores. Cada pareja clandestina se llevaba sus propias sábanas, que ponían ellos mismos en un colchón que cada sábado tenía más manchas. A Angélica le daba mucho asco todo aquello.

Un día, ella le había dicho a él que hasta ahí habían llegado, que se aburría mucho en su compañía, que no le aportaba nada, ni bueno ni malo, y que estaba harta de sus encuentros en la pensión una vez al mes. Que al principio había sido interesante, pero que se había dado cuenta de que no era el hombre con el que quería para pasar el resto de su vida.

—Pero no vamos a pasar el resto de la vida juntos —le había replicado él.

—¿Ah, no? ¿Es que acaso no soy tu novia?

—No.

—¿Y qué es lo que somos, según tú?

—Dos buenos amigos que lo pasan bien juntos.

—Ni somos amigos, ni yo lo paso bien contigo.

—¿No lo pasas bien cuando estamos juntos?

—No, en absoluto.

—Pues vaya.

—Pues eso. Que no quiero verte más.

En ese momento, él pasó su mano por la mejilla de ella. Con la caricia, Angélica notó algo frío en su piel.

—¿Qué es eso? —le preguntó—. ¿Qué significa este anillo?

El marinero se miró la mano confundido. Por primera vez, se había olvidado de quitarse la alianza y de guardarla en su armario del barco.

—¿Estás casado?

—No es lo que parece.

Pero esa era la frase que Angélica había leído demasiadas veces en las fotonovelas de Corín Tellado, y siempre la pronunciaban los malos imitadores de don Juan Tenorio.

—Andrés, eres un cerdo.

—Estoy casado, es verdad, Pero no quiero a mi mujer. Me tuve que casar con ella porque estaba embarazada, pero te quiero a ti.

—Y además tienes un hijo.

—Dos, que fueron gemelos.

—Vete a hacer puñetas.

—Que yo te quiero a ti.

—Que me dejes en paz. No vuelvas a acercarte a mí en toda tu vida. ¿Me has oído? Nunca. Me has engañado. Me has convertido en una delincuente. ¿Cómo te has atrevido? Podría ir a la cárcel o al destierro por haber tenido relaciones con un hombre casado. ¿Cómo te has atrevido a engañarme de ese modo?

—No te lo tomes así, Angélica.

—Vete a la porra. Ojalá tu barco se hunda y te coman los peces. Es lo que te mereces.

Y el marinero se fue y Angélica no lo volvió a ver. Se sentó encima de la cama abrazada a las sábanas. Al rato, sacó unas tijeras pequeñas que siempre llevaba en el bolso por si se le rompía alguna uña, y las fue cortando en tiras finas como serpentinas. Cuando se cumplieron las dos horas por las que pagaban en la pensión, llamaron a la puerta. Era la dueña.

—Que ya es la hora.

Angélica abrió y se marchó sin decir nada. Habían pagado por adelantado, como siempre. Cuando entró la mujer en la habitación, se encontró con la cama llena de tiras de tela rosa de un centímetro de ancho. Por un momento pensó que debajo encontraría el cadáver del marinero, pero se equivocó. El tipo estaba ya a bordo. Desde la cubierta contemplaba el quiosco de periódicos en el que trabajaba una muchacha rubia de muy buen ver. Acababa de decidir quién sería la sustituta de Angélica para los terceros sábados de cada mes.

Así que cuando una de las jefas del Círculo Medina de Santander le ofreció el trabajo de tutora en Zaragoza, no se lo pensó. Aceptó inmediatamente. Era su oportunidad de marcharse lejos del mar y de los marineros.

19

Desde que Angélica había leído las obras de William Shakespeare en aquel volumen que comprara su padre mucho antes de que ella naciera, se había dado cuenta de que aquello era teatro de verdad, y no las representaciones más o menos ñoñas que hacían en el Círculo con las chicas de buenas familias que pasaban en el piso de la Sección Femenina de la calle Burgos de Santander los sábados por las mañanas y los domingos por las tardes.

Habían adaptado alguna obra de Arniches, de Muñoz Seca, de Benavente y de Alejandro Casona, pero todas le parecían a Angélica teatro muy menor, muy para entretener a las niñas y a sus padres cuando asistían a las funciones. Un teatro que no se preguntaba nada acerca del mundo: amoríos más o menos desgraciados que acababan siempre según los rigores del catecismo y de la moral en la que se refugiaba el país en aquellos años 60 para mantener la conciencia tranquila.

—Podríamos representar algo de Shakespeare —había sugerido un día en una reunión del Círculo en Santander. Era cuando todavía existían en su vida las sábanas de raso, y tres semanas después del fallecimiento de Winston Churchill.

—¿Shakespeare? ¿Ese inglés? No —había respondido rotunda la directora.

—¿Por qué no?

—De Inglaterra no viene nada bueno —afirmó otra de las jefas—. Gibraltar, Churchill, al que Dios tenga donde mejor le parezca, el anglicanismo... Las huelgas, las ideas libertarias. No. Aquí no se hará nada que tenga tufo británico.

—Pero Shakespeare es de mucho antes de todo eso. Es un clásico.

—Que no. Que aquí tenemos que ofrecer comedias amables.

—Shakespeare tiene comedias amables.

—Nada en los ingleses puede ser amable. Ni siquiera el té, que es agua sucia y poco más.

—El té es bueno para la diarrea —se atrevió a apuntar una de las compañeras de Angélica, que no era muy lista.

—Ese es el té de monte, no el de los ingleses, que es negro y viene de la India. Nada de Shakespeare y no se hable más.

Y Angélica se había quedado con las ganas. Así que cuando le dijeron que aquel centro en el que iba a trabajar pretendía el desarrollo integral de las chicas, pensó que tal vez allí tendría la oportunidad de llevar a cabo su deseo de preparar un montaje de una obra del bardo inglés.

Cuando le presentó el proyecto al rector de la Laboral, el hombre leyó atentamente las cuartillas mecanografiadas que le había entregado. Mientras lo hacía, la joven contemplaba los dos retratos en blanco y negro que colgaban de la pared del fondo, el de José Antonio y el de Franco. Los ojos de ambos miraban fijamente a todo aquel que entraba, como recordatorio de todo lo que había pasado, de lo que estaba sucediendo y de lo que podría volver a suceder. Le asaltó el recuerdo de la foto que guardaba de su padre en su escritorio. También en blanco y negro. Aunque los blancos y los negros podían ser muy diferentes, pensó Angélica.

—Veo mucho entusiasmo en todo lo que ha escrito en su proyecto, señorita Benavides.

—Sin entusiasmo cualquier actividad dejaría de tener interés, señor rector —respondió ella, rescatada de su ensimismamiento por las palabras del hombre.

—Una de las ideas de esta institución es que las alumnas salgan de aquí formadas en todos los ámbitos posibles. No estamos formando perfectas amas de casa. A eso ya se dedican otras mujeres de la Sección Femenina, como bien sabe. Aquí queremos que salgan profesionales de todos los ámbitos. Mujeres modernas que estén preparadas para liderar un país moderno como es el nuestro y sus relaciones futuras con Europa. Usted sabe, señorita Benavides, que nuestra nación está dando pasos de gigante en su desarrollo económico, y que

Europa mira hacia nosotros con ojos curiosos y llenos de envidia y de admiración.

Angélica no replicó acerca de la modernidad del país. Sus viajes y sus largas conversaciones con don Antonio, con quien había hecho buenas migas desde que un día se juntaron en la cafetería a la hora del almuerzo, le decían que la nación distaba mucho de ser tan moderna como el régimen la quería pintar. Casi todo seguía oliendo a rancio, como los retratos que la seguían mirando desde que entró.

—Por ello —continuó el rector— creo que es muy buena idea que su grupo de teatro represente algo de don Guillermo Shakespeare.

—¿Guillermo?

—William es Guillermo en inglés, ¿no?

—Sí, señor.

—Pues eso, llamémoslo en cristiano y no en lengua herética, o sea, de herejes.

—Como guste, señor —respondió Angélica con el título de una de las comedias del inglés, aunque el rector no lo notó.

—¿Y qué obra es la que ha pensado usted representar con las chicas? Dese cuenta de que no tenemos varones para los personajes masculinos.

—Lo haremos como en la época de Shakespeare en Inglaterra, pero al revés. Entonces las mujeres tenían prohibido ser actrices, y los papeles femeninos los interpretaban los hombres.

—Qué barbaridad. Luego pasa lo que pasa —exclamó el rector, para quien eso de que los hombres se vistieran de mujeres era una degeneración. En el hecho de que fueran las chicas las que se travistieran de hombres no veía tanto peligro—. Pero dígame, ¿en qué título está pensando?

—En *La tempestad,* señor rector.

—¿*La tempestad?* No es de las más conocidas.

—No. Creo que es su mejor obra. En realidad, es su testamento.

—¿Qué quiere decir con «su testamento»?

—Es su última obra. Lo último que escribió. Y él lo sabía.

—Pues vaya. ¿No será muy dura para nuestras niñas?

—Le aseguro que no, señor rector. Me temo que todas vienen de condiciones mucho más duras que la isla en la que se ambienta *La tempestad.*

—Adelante, pues.

—Gracias.

—Intente que salga bien. Quiero que seamos modélicos y que todas las demás universidades laborales nos tengan envidia. Que digan que somos pioneros en muchas cosas. Y más europeos que nadie. Que Dios la guarde, señorita Benavides.

Angélica estaba a punto de salir del despacho del rector cuando él la llamó.

—Por cierto, señorita, ya habrá oído todo ese escándalo que se ha armado con el asunto del festival de Eurovisión.

—Pues no, señor rector. No estoy muy al tanto de la música moderna.

—Pues ahora resulta que el cantante que nos iba a representar, un tal Juan Manuel Serrat, quería cantar en catalán, y claro, le han dicho que no. Él se ha negado a cantar en español y no será él quien nos represente.

—Ah.

—¿Sabe usted quién va a ir a representarnos?

—Pues no. Ya le digo que no estoy muy puesta. Yo me quedé en Puccini y poco más —reconoció Angélica, a la que todo aquel lío lingüístico le importaba más bien poco.

—Massiel.

—Ah. Muy bien. Pues nada. A ver qué pasa.

20

—¿Y qué obra quiere que representemos, Angélica? —le preguntó Sofía.

—Una de Shakespeare.

—¿Es de amor? —inquirió Marilines.

—Desde luego no será de cadetes —intervino Roberta—. Eres bastante pesada, ¿no te has dado cuenta?

—Pues si soy pesada, mejor. Eso es porque soy la única que tiene novio y me tenéis envidia.

—Eh, eh, eh. Haya paz, muchachas —cortó Angélica—. ¿Qué es eso de que tienes novio? ¿A tu edad?

—Es un chico de mi pueblo. Estudia en la Academia para ser militar.

—Eso es lo que se cree ella, que es su novio. De eso nada, guapa. Es mayor que tú y tendrá un montón de pretendientas. Tú no sales más que un par de ratos, así que no estás con él ni cinco horas cada mes. ¿Qué hará los demás domingos mientras tú estás aquí estudiando o suspirando por él? Pues te lo puedes imaginar —dijo Asun.

Angélica no dijo nada de lo que estaba pensando. Lo del novio militar le recordó sin remisión al marinero tartamudo y a su falta de fidelidad y de vergüenza.

—Bueno, a lo mejor eres muy joven para comprometerte ya. Si quieres podemos hablar de ello en otro momento.

—Deberías escribirle a la señora Francis. Ella siempre da buenos consejos —apuntó Manolita, a quien le gustaba oír el consultorio radiofónico sobre amores de la señora Francis justo antes de rezar su rosario diario.

—No necesito que me sermonee esa señora. Ya tengo bastante con vosotras.

—Haya paz, chicas —volvió a cortar la tutora—. He venido a hablar de la obra de teatro, no de vuestros líos amorosos con cadetes ni de la mismísima señora Francis.

De hecho, Angélica había escrito a la consulta después de romper con Andrés.

El consultorio radiofónico de Elena Francis daba consejos a chicas y señoras que le contaban sus cuitas amorosas con la confianza de que sus cartas eran leídas por la persona a la que correspondía la voz que se escuchaba en los receptores de radio. Todas aquellas jóvenes tardaron años en saber que, en realidad, la señora Francis no existía y que quien había detrás de aquella voz era un equipo de personas que trabajaba según el guion que escribía un señor que se llamaba Juan. El tal Juan, o alguien de su equipo, había leído la carta de Angélica, y la voz de la locutora que se convertía cada tarde en la inexistente señora Francis le había dicho que le parecía muy bien que hubiera mandado a la porra a aquel hombre casado. Pero que, no obstante, debía rezar por él, ya que tantos días de soledad en el mar provocaban que muchos hombres le dieran muchas vueltas a la cabeza. Y que los pobres, en su debilidad humana y natural, no eran capaces de mantenerse fieles a sus santas esposas. Eso le aconsejó la falsa señora Francis y, desde ese momento, Angélica había decidido no volver a escuchar más el programa, porque pensó que por Andrés iba a rezar la madre que lo parió.

—¿Se ha enterado de lo de Massiel? —le preguntó Hortensia, que ya hacía tiempo que había desistido de jugar al ajedrez porque no encontraba interés alguno en ninguna de sus compañeras.

—Pues sí, me lo ha contado el rector.

—A mí me gustaba que fuera Serrat el que nos representara en Eurovisión. Es el cantante preferido de mi padre.

—Claro, como es catalán —dijo Sofía.

—No es por eso, es que canta muy bien, y además es guapo.

—La canción es una porquería —apuntó Manolita.

—Es muy pegadiza, que es lo que gusta en Eurovisión —comentó Marilines.

—Quedaremos fatal —dijo Asun.

—Lo veremos.

—Bueno, dejad estar el tema de Eurovisión, y a lo que estamos.

A Angélica le preocupaba poco lo que pasara o dejara de pasar en el Royal Albert Hall de Londres unas semanas después.

—¿Y qué obra vamos a representar? —volvió Sofía al tema del teatro—. Espero que no sea *Romeo y Julieta.* No tenemos chicos para que interpreten a Romeo.

—Ni *Hamlet*, por favor, que es un rollo —dijo Hortensia, que se había tenido que aprender el famoso monólogo del príncipe de Dinamarca en el segundo colegio al que fue.

—Ni *El sueño de una noche de verano*, que está lleno de disparates —comentó Asun, que lo había leído en un volumen que le regalaron en el colegio como premio por sus buenas notas.

—No, no es ninguna de esas tres. Se trata de la última obra que escribió Shakespeare, y que se titula *La tempestad*. Seguramente no os sonará mucho. Pero es fascinante. De hecho, es mi preferida. Por eso quiero que la hagamos, creo que todas podemos aprender mucho con la historia que se muestra y con las palabras que le da el autor a cada personaje. Es la gran obra del maestro William. Ahí dentro está todo lo que él pensaba sobre el teatro, sobre la realidad, la ficción, la política, la magia, la religión, la vida…

—Tranquila, Manolita —dijo Sofía cuando vio a su compañera mover la cabeza levemente de lado a lado—, que no habrá nada que sea pecado.

—Yo no he dicho nada.

—Pero lo has pensado.

—Eso sí.

—Tenemos el permiso del rector. Seguro que incluso a don Luis le parece bien. Hablaré con él el lunes.

—Mañana celebra la misa de la mañana —apuntó Manolita—. Puede hablar con él cuando acabe.

—Mañana tengo el día libre y me voy a la ciudad a comprar telas para el vestuario. A lo mejor puede venir alguna de vosotras conmigo. ¿Alguien tiene permiso para salir los sábados por la mañana?

—Yo —levantó la mano Sofía—. Yo tengo permiso para un sábado al mes. No he gastado todavía el de este. Puedo acompañarla.

En ese momento, las otras cinco sintieron un vendaval de rabia que se apoderaba de sus conciencias. Ir a la ciudad. Entrar en tiendas de telas. Tocar otros tejidos diferentes al paño de las faldas plisadas, la lana de los jerséis, el tergal de las camisas y de las sábanas. Ver otras caras que las que veían todos y cada uno de los días en las aulas o en el internado. Poder hablar con Angélica fuera del ámbito de la residencia. Sentir el aire que traía el río. Incluso ir a misa en una iglesia de techos altos, y no en la capilla, moderna y con unas vidrieras llenas de color, sí, pero casi tan subterránea y tan oscura como una catacumba.

—A las diez menos diez en la entrada principal para coger el autobús de las diez —dijo Angélica—. Y lleva un paraguas, que me temo que va a llover.

—¿Y eso cómo lo sabe?

—Soy de Santander, chicas. Y una vieja lesión en la rodilla me anuncia las lluvias. No falla nunca. Ah, y no digáis nada todavía a nadie sobre la obra de teatro.

—¿A don Luis tampoco?

—A don Luis tampoco. Se lo diré yo el lunes.

21

Al día siguiente, mientras desayunaban, se podía ver, tocar y cortar la tensión que se respiraba entre las chicas. La envidia teñía del color del azufre el aire que respiraban. Al menos, eso era lo que pensaba Sofía cuando miraba a las demás parapetada tras el tazón de leche con tres gotas de café.

—Bueno, me subo, que me tengo que arreglar.

—Eso, ponte bien guapa, a ver si encuentras a algún chico guapo en la ciudad —apostilló Hortensia.

—Solo voy a acompañar a Angélica a comprar. No es culpa mía si vuestros padres no os han dado permiso para salir algún sábado por la mañana. No sé a qué viene todo este malestar hacia mí.

—Mi madre siempre dice que algunos nacen con estrella y otros nacen estrellados. Pues eso te pasa a ti, que has nacido con estrella —apuntó Hortensia.

—¡Pero si solo voy a ayudar a la tutora con las telas!

Y Sofía abandonó la mesa sin colocar la silla en su sitio. Dejó la bandeja en el torno y se marchó corriendo a la habitación. Subió las escaleras tan deprisa que llegó sin resuello. Miró el reloj, le quedaban diez minutos antes de la hora en la que se había citado con Angélica en la entrada. Ni tiempo ni ganas tenía de arreglarse. Abrió el armario y cogió su vestido azul, el mismo que había traído cuando llegó. Lo dejó sobre la mesa. Hacía demasiado frío para la manga corta. Lo volvió a colgar. Se puso el pantalón vaquero, el único jersey que tenía de cuello alto, una prenda que le había hecho su abuela como regalo de Reyes y que apenas se había puesto. Se puso un lazo azul sobre la goma que recogía su pelo en una coleta y salió a toda prisa. Mientras bajaba la escalera, sacó del bolsito un carmín y se pintó los labios sin mirarse al espejo.

Llegó al vestíbulo justo a la hora convenida. Angélica ya estaba esperándola.

—¿Has cogido el paraguas?

—Ay, no. Con las prisas se me ha olvidado —le contestó Sofía—. Y ya no me da tiempo a ir a buscarlo.

—No te preocupes. El mío es suficientemente grande.

Todavía no llovía, aunque el cielo era una nube gris a punto de explotar en cualquier momento.

No hablaron durante el trayecto hasta la ciudad. Ambas estaban deseosas de contemplar el mundo que había más allá del internado. Se sentaron separadas para poder estar junto a las ventanillas. El paisaje no era lo que se dice especialmente atractivo: unos montes secos, oscurecidos por el cielo de plomo que teñía de melancolía aquellas tierras. La gasolinera a la izquierda. Las sombras de varias casas de campo y de algún que otro tractor. Por fin, el puente para cruzar el río. Las torres de la ciudad, las avenidas, la gente que iba y venía a ritmo pausado, sin prisas, porque era sábado y no había que correr para ir a la oficina o a la fábrica. Porque llovía y cuando llueve, el ritmo se ralentiza al compás de las gotas de la lluvia que limpian las calles, muchas de ellas todavía sin asfaltar, y las conciencias.

El autobús se paró en la plaza de Aragón. Sofía se quedó mirando el monumento que hay en la plaza: un señor barbado y con golilla que señala con su brazo hacia el sur.

—¿Quién es ese hombre, Angélica?

—Uno al que mataron hace muchos años.

—¿En la guerra?

—No. Antes. En este país la gente lleva muchos siglos matándose, Sofía. Lo raro es que todavía no nos hayamos extinguido. Y ahora, creo que hay que ir por ahí.

Dirigieron sus pasos hacia el paseo de la Independencia, y caminaron bajo los soportales. A Sofía le llamaron la atención unos cuantos hombres bien vestidos que estaban sentados en unas sillas altas y a los que otros hombres, arrodillados, les estaban limpiando los zapatos. Nunca había visto trabajar a limpiabotas y no habría imaginado que existiera un oficio como ese, en el que unos hombres con los dedos manchados de betún se arrodillan ante otros que leen el periódico para esconder sus rostros. Sofía miró a Angélica y ninguna de las dos dijo nada. La imagen la acompañó durante un par de minutos, aunque enseguida se olvidó de la escena que se repetía en cada uno de los porches del paseo.

Había empezado a llover y era muy cómodo andar bajo cubierto.

—¿Vamos a entrar en el SEPU?

—Sí, pero no en este. Vamos directamente al otro, al viejo. Ahí tienen mejores precios.

Anduvieron por varias calles estrechas, con edificios en ruinas, con otros recién construidos donde antaño se levantaban hermosos palacios renacentistas, con gentes y gentes que andaban de acá para allá a la basílica, al mercado o a los bares del Tubo para tomar el primer aperitivo.

Por fin llegaron a los grandes almacenes, a aquel viejo SEPU que dos familias judías habían fundado ya antes de la guerra, para seguir el ejemplo de las nuevas tiendas americanas en las que se podía encontrar un poco de todo: ropa, menaje, muebles, comida...

—¿Qué es eso? —preguntó Sofía en cuanto entraron y vio un artilugio con escalones que se movían en sentido ascendente.

—Eso mismo me pregunté yo la primera vez que vine. Observa a esa pareja que tenemos delante.

Un hombre y una mujer apoyaban sus pies derechos en uno de los escalones, y empezaban a subir hacia el piso de arriba.

—Pero ¿qué…?

—Son unas escaleras mecánicas. Suben solas. Te suben sin necesidad de que hagas ningún esfuerzo.

—A mí eso me da miedo.

—No seas tonta. Yo he subido un montón de veces. Es muy divertido. Vas viendo cómo se aleja el piso de abajo y todo lo que hay en él. Es como un ascensor, pero sin ser ascensor. Una escalera automática.

—Manolita diría que es cosa del demonio —apuntó Sofía.

—Manolita diría que es una escalera al cielo.

—O que es un paso más hacia una torre de Babel.

—Bueno, ¿te atreves? Las telas están arriba.

—Me da miedo.

—Puedes subir por las escaleras de mármol. Están ahí detrás.

—No, no. Me colocaré detrás de ti.

—Agárrate bien al pasamanos.

Y así lo hizo. Angélica iba delante y Sofía no quitaba los ojos de su abrigo. Eso fue la primera vez. Cuando llegaron arriba y Sofía se atrevió a mirar hacia abajo, decidió volver a probar, esta vez mirando hacia atrás para ver cómo todo se hacía cada vez más pequeño. Así que le pidió permiso a Angélica. Bajó por la escalinata de mármol y volvió a las escaleras mecánicas. La sensación de ir deslizándose hacia arriba sin mover un pie le producía un placer desconocido. Pensó que aquello debía de parecerse al momento en el que un avión deja la pista y comienza el despegue. De hecho, la primera vez que montó en un avión recordó aquellos momentos de gozo en su primera incursión en el SEPU. Lo que no sabían ni ella ni Angélica era que aquellas escaleras habían sido las primeras de su género en todo el país.

—Bueno, ya vale de subir y bajar, ¿no? —le dijo Angélica después de que Sofía había subido y bajado cinco veces por las escaleras mecánicas—. Pareces una niña pequeña.

Ni Sofía ni Angélica se percataron de la presencia de un muchacho que no había quitado el ojo de encima a Sofía desde que la vio entrar en la tienda. Se había quedado embobado mirándola y había decidido en ese momento que aquella era la chica que el destino le tenía reservado. El joven trabajaba en una imprenta y había ido a llevar un encargo a una de las tiendas más bonitas de la ciudad, una tienda en la que se vendían papeles, lápices, tarjetas, postales. Un rincón al que le gustaba ir siempre que podía. Había heredado de sus abuelos una imprenta, y aunque los recados los solía llevar alguno de los mozos de reparto, cuando tocaba ir a La reina de las tintas, que era el nombre de la tienda, se montaba en su bicicleta, e iba él. Esa mañana había terminado su cometido y había entrado en el SEPU a comprarse una corbata nueva para estrenarla el Domingo de Ramos, como era tradición. Llevaba los zapatos brillantísimos.

—Es que, es que..., es tan emocionante —le dijo Sofía a Angélica—. Nunca había tenido una sensación igual. Es casi como volar.

—Tampoco hay que exagerar. Mira, he escogido estas telas para las ropas de la mayoría de los personajes masculinos.

—Ah, pues están muy bien. Pero un poco oscuras, ¿no?

—Quiero que haya mucho contraste entre las ropas. A los protagonistas les quiero meter color y brillos. Por ejemplo, a Próspero, que además de ser un exiliado, es un duque y un mago, le quiero poner una capa de terciopelo de colores. Algo muy especial. Y lo mismo para dos personajes que aparecen que también son muy extraordinarios: Calibán, que es una especie de monstruo, y Ariel, que es un espíritu del aire.

—¿Pero es que no hay ninguna chica en la obra?

—Solo una: Miranda. La hija de Próspero. También necesito una tela de color, pero no tan brillante como la de su padre. Algo más aburrido, de un solo tono.

—¿Rosa?

—No me gusta el color rosa. Es demasiado ñoño. La veo más en un naranja claro.

—¡Como la mirinda! ¡Mirinda Miranda! —Se rio Sofía ante su propia ocurrencia—. Vaya nombrecitos. Como el Ariel ese, que se llama como la marca de detergente, ¿no?

—¡Qué puesta estás en jabones, Sofía!

—Mi madre me mandó un paquete en su último envío. Se quitan todas las manchas sin apenas frotar. Todavía me queda medio en la taquilla. Le puedo dar un poco para que lo pruebe.

—Muchas gracias, pero no te preocupes. Hablaré con la directora y pediré que traigan al economato. Bueno, mira a ver si encuentras alguna tela apropiada para Miranda.

Sofía buscó entre los retales y por fin encontró la tela perfecta para el vestido de la protagonista. Una tela de raso de color naranja.

—Aquí está, Angélica. Una tela de color mirinda para Miranda.

El muchacho de la imprenta sonrió ante la ocurrencia de Sofía, de quien al menos había descubierto su nombre.

22

Volvieron a la residencia por la tarde, después de comer unas tapas de champiñones y de madejas en uno de los bares del Tubo, una zona de calles estrechas donde varios hombres piropearon a las dos mujeres, que pasaron a su lado lo más deprisa que pudieron. Eran casi las cuatro y los maromos esperaban a entrar en un café concierto en el que unas *vedettes* entradas en carnes cantaban canciones picantes mientras los hombres le daban al carajillo de anís, muchos de ellos con la boina puesta.

Sofía y Angélica habían ido a la basílica después de comprar las telas. Iban cargadas con varias bolsas, pero aun así quisieron entrar a ver a la Virgen y a besar el pilar de mármol que, según la tradición, llevó María hasta la ciudad desde Éfeso cuando se le apareció a Santiago en carne mortal. Aquel era uno de esos misterios que casi nadie entendía, pero en el que todo el mundo creía a pies juntillas, hasta el cineasta Luis Buñuel, que era ateo y medio comunista. E incluso Angélica, que era hija de republicano.

—¿Y habéis ido a visitar a la Virgen? —le preguntó Manolita a Sofía en cuanto puso un pie en la habitación.

—Sí, hemos ido. Llevaba un manto blanco precioso.

—¿Y has besado el pilar?

—Claro. Y he pedido por todas vosotras —mintió Sofía— y porque no os enfadéis conmigo por haber ido a la ciudad mientras vosotras os quedabais aquí.

—Nadie se ha enfadado —negó Hortensia.

—Pues la cara que teníais todas esta mañana decía una cosa muy diferente.

—Que no, boba —le dijo Asun—. Nos habría gustado ir también, pero no podía ser, así que ya está.

—Eso, ya está —afirmó Marilines—. ¿Y no te ha dado asco besar esa piedra que besa todo el mundo?

—¡Pero qué barbaridad estás diciendo! ¿Cómo le va a dar asco besar el pilar que trajo la mismísima Virgen en carne mortal?

—Eso de que viniera en carne mortal es un poco raro, ¿no? —preguntó Roberta—. ¿Cómo iba a estar en dos sitios a la vez? No puede ser.

—No puede ser para ti ni para mí, que no somos más que humanos hijos del pecado. Pero no olvides que ella, María, nació sin pecado y además fue la madre de Dios: dos cosas que no le han pasado jamás en la historia de la humanidad a nadie más que a ella. Dos eventos extraordinarios para una sola persona. María puede hacer todo: estar en Éfeso y a la vez en Zaragoza. De hecho, María está ahora mismo aquí con nosotras.

—Pues yo no la veo, Manolita.

—Que no la veas no quiere decir que no esté. No va a dejar que la veamos nosotras, pobres criaturas.

—Más pobres criaturas son los pastores, y todas las vírgenes se les aparecen a ellos, la de Fátima y la de Lourdes, por ejemplo. Tienen fijación —apuntó Asun—. Y de verdad os digo que los pastores no son mejor gente que nosotras.

Asun hablaba con conocimiento de causa: tanto su padre como sus hermanos se dedicaban al pastoreo de corderos en los campos de Castilla.

Don Luis también afirmaba que no había que enfrentar la razón con la fe. Había dedicado muchas horas de estudio a los textos de San Anselmo de Canterbury, y había llegado a la misma conclusión que el monje de Aosta: que el hecho de pensar en Dios implica su existencia. Hacérselo entender a las adolescentes a las que impartía la materia de Religión era otro cantar.

—Y si era de Aosta, ¿por qué se le llama de Canterbury? —le preguntó un día Sofía al cura.

—Porque en Canterbury fue obispo y allí murió.

—Los ingleses siempre barriendo para casa —exclamó Marilines—. Bueno, eso dice mi novio, que siempre está hablando de que nos deberían devolver Gibraltar.

—¿Y me puedes decir qué tiene que ver Gibraltar con las teorías de San Anselmo y con la bilocación de la Virgen María? —le preguntó don Luis, que tenía más paciencia que el santo Job.

—Pues, no sé. Seguramente nada.

—Pues eso. Sigamos con lo que estábamos. —Que era una frase que repetía don Luis tres o cuatro veces en cada clase porque las chicas siempre lo distraían con sus preguntas y con sus comentarios.

Don Luis había salvado su vida durante la guerra gracias a la dueña de un burdel. El entonces joven seminarista frecuentaba la casa de doña Consuelo una vez por semana. Sus padres lo habían mandado al seminario para tener una boca menos que alimentar, pero él había tenido sus más y sus menos con el orden sacerdotal. Le había costado varios años convencerse de lo mismo que les contaba en el aula a sus alumnas, y en misa a todo aquel que lo quisiera oír. Así que en aquellos años juveniles suyos, dudaba constantemente entre si le convenía quedarse con la carne o con el espíritu, de modo que probaba de una y de otro para poder elegir con convicción. En esas estaba cuando estalló el levantamiento militar, que a él lo cogió en Tortosa. Varios de sus compañeros fueron fusilados y él se salvó de la redada porque en aquellos momentos estaba retozando en casa de doña Consuelo, concretamente con Purita, que era una de las nuevas adquisiciones de la señora, una muchacha de Salamanca a la que había deshonrado un estudiante, que en sus ratos libres era un golfo de tomo y lomo.

—No se puede ir de aquí, don Luis. Me han mandado recado de que han entrado los milicianos en el seminario y se han llevado a muchos de los suyos. Los van a matar esta misma noche.

—No puede ser.

—Será.

—Pero si no han hecho nada malo.

—Pues ya ve.

Don Luis debió de pensar en aquel momento que, si los milicianos se llevaban a sus correligionarios, que no habían hecho otra cosa que rezar, a él a lo mejor lo salvaba la vida de calavera que llevaba al menos una vez por semana. Doña Consuelo le leyó los pensamientos. Con los años que llevaba en el oficio, a la vieja dama no se le pasaba nada de lo que rondaba por las cabezas de sus clientes.

—A usted le harán lo mismo si lo encuentran.

—¿Y dónde voy a ir?

—Se quedará aquí con nosotras mientras dure todo esto.

Claro que ni ella ni nadie pensaban que «todo esto» iba a durar casi tres años, que fueron los que don Luis estuvo escondido en una especie de gabinete secreto que doña Consuelo tenía para momentos comprometidos. Por allí habían pasado varios caballeros a cuyas esposas las malas lenguas habían advertido de su presencia en la casa de lenocinio más famosa del municipio. Podría decirse que la vieja dama era experta en rescatar a hombres de situaciones delicadas, aunque ninguna lo había sido tanto como la del joven cura.

Vivió en aquel cuchitril los casi tres años que duró la contienda hasta que los nacionales ganaron Tortosa ya en el año 39. Antes la habían bombardeado varias veces, destruyendo puentes, palacios y matando a mucha gente. La casa de doña Consuelo había aguantado. Cuando bombardeaban, el único que se quedaba dentro era don Luis. Las chicas bajaban al refugio subterráneo que había al otro lado de la calle. Él se quedaba rezando ante el crucifijo que llevaba siempre en el bolsillo. Aunque hacía tiempo que había sustituido la sotana por una camisa y un pantalón que un cliente se dejó olvidado con las prisas de escapar del primer bombardeo, la imagen del Cristo crucificado no le abandonaba. Doña Consuelo le había conseguido una Biblia y alguna que otra lectura menos sagrada. Pasaba los días como podía, y nunca se quejó. Le prometió al Cristo que, si se salvaba, no volvería a tocar a ninguna mujer el resto de su vida y dedicaría un lote de misas gregorianas a todos los muertos en la contienda en cuanto pudiera acceder a una capilla.

Cuando acabó la guerra, doña Consuelo le preparó un macuto con ropa y comida y le metió unos cuantos billetes en la cartera.

—Pero este dinero, Consuelo…

—Es hijo del pecado, don Luis. Eso ya lo sabemos usted y yo. Pero le vendrá muy bien.

—Yo no sé si volveré por aquí.

—Si viene por Tortosa pase al menos a vernos. Nos alegrará saber de usted.

—Le escribiré, doña Consuelo. No olvidaré nunca lo que ha hecho por mí.

—Usted habría hecho lo mismo por nosotras, ¿no es así?

—Claro, por supuesto.

Pero eso algo que nunca sabrían, ni don Luis, ni doña Consuelo, ni las chicas que trabajaban para ella. Todas tuvieron que marcharse del piso y dedicarse a otros menesteres. Purita se hizo modista y cosió para las mujeres de los que hasta entonces habían sido sus clientes. Las otras dos pudieron irse a sus pueblos antes de que los nacionales cruzaran el Ebro. Y a doña Consuelo le raparon la cabeza y la pasearon por las calles junto con otras tres mujeres más. Don Luis no estuvo cerca para ayudarla. Ni siquiera se enteró de lo que le había ocurrido. Las cartas que le escribió a la dirección en la que había estado encerrado nunca llegaron a su dueña, y ella tampoco consiguió encontrarlo cuando salió de la cárcel dos años después, tuberculosa y sin ningún sitio a donde ir. Se tiró al río y su cuerpo lo encontraron unos arroceros del delta una semana después.

23

El lunes, cuando acabó la clase, Angélica esperaba a don Luis en el pasillo. Se había preparado muy bien lo que quería decirle acerca de la importancia del teatro para la educación integral de las chicas, y sobre la conveniencia de representar una obra maestra del más grande dramaturgo de todos los tiempos, que es lo que Angélica pensaba de Shakespeare.

—¿Y por qué no elige usted una obra de don Pedro Calderón de la Barca? Sus textos son más cristianos que los del inglés.

—Al rector le parece bien que nos abramos a la literatura europea. A Calderón no lo conoce nadie fuera de España, a Shakespeare sí.

—¿Cómo que a don Pedro no lo conoce nadie? Al teatro español se lo celebra en todo el mundo. Mire si no, los premios Nobel que les dieron a Echegaray y a Benavente.

—Don Luis, no irá usted a comparar a Echegaray con Shakespeare.

—No, claro que no.

—No hay comparación posible.

—Usted sabe más que yo acerca del teatro. No me cabe ninguna duda. Si el rector ha dado su permiso, yo no tengo nada que decir.

—¿Ha leído la obra, don Luis?

—¿*La tempestad*? Sí, hija, sí. La leí durante la guerra. En la casa en la que me escondieron había libros. Gracias a ellos pude sobrevivir. A los libros y a la generosidad de una mujer extraordinaria. Pero no vamos a hablar ahora de recuerdos amargos, señorita Benavides. Cuente conmigo si quiere que la ayude con el teatro. Paso en este lugar casi tantas horas como usted.

—Entiendo que este no es el peor sitio en el que ha estado.

—Desde luego que no.

Don Luis no quería recordar aquellos años del miedo. Cada vez que sonaba el timbre de la puerta de doña Consuelo no se sabía si era un cliente o un miliciano. O las dos cosas en la misma persona. Por aquella casa pasaban muchos hombres de diferentes condiciones, tanto clientes fijos, que se llegaban a escondidas hasta allí, como mozalbetes recién reclutados a cuyos oídos había llegado la «buena» fama de la casa, y que se gastaban la paga para pasar un buen rato entre las piernas de Purita o de cualquiera de las otras chicas.

—¿Y por qué precisamente *La tempestad* y no otro título más popular? —Se le había hecho difícil su lectura porque el exilio incomprensible de Próspero le recordaba a su propio cautiverio. Solo que él no tenía genios como Ariel que le sirvieran. Sus únicas ayudas espirituales eran las oraciones en las que dialogaba con un Dios que no siempre le escuchaba.

—Es el último que escribió —contestó Angélica—. Siempre me han interesado las últimas palabras de un escritor.

—Eso es porque no ha tenido que atender a muchos moribundos, como yo. Si escuchar confesiones en el lecho de muerte fuera uno de sus trabajos, le aseguro que no disfrutaría tanto de esos «testamentos literarios», si me permite la expresión.

—Siempre me ha parecido que *La tempestad* es una especie de resumen de toda su producción anterior: hay amor, ambición, luchas de poder, fantasía, injusticias, conflictos familiares, naufragios, la lucha del mal y el bien…

—Bueno, todo eso es lo que tiene la vida. En realidad, tampoco Shakespeare se inventó nada: lo tenía todo delante de sus ojos. Lo único que tenía que hacer era mirarlo.

—Y transformarlo en palabras. No es tan fácil, don Luis.

—Yo no he dicho que lo sea. En fin…, si no tiene nada más que decirme… —El hombre miró la hora en su reloj—. Tengo que llegar a la capilla para ayudar a don Jesús en la comunión. Hoy celebra él.

—Nada más. Gracias por atenderme y por apoyar el proyecto.

—Si el señor rector ha dado su permiso, no voy a ser yo quien le vaya a enmendar la plana. Sería como corregir los Evangelios y contradecir a los santos apóstoles, ¿no le parece?

Angélica se quedó en el pasillo viendo cómo el cura echaba a correr para llegar a la capilla a tiempo de la eucaristía. Manolita estaba en misa, en primera fila, como siempre.

—El cuerpo de Cristo —le dijo don Luis mientras acercaba la hostia a la boca de la chica, todavía con la respiración entrecortada por la carrera.

—Amén —contestó ella y se santiguó antes de juntar las manos como hacía siempre que comulgaba. Al llegar al banco, se arrodilló con los ojos cerrados y pidió por su familia, a la que llevaba tres meses sin ver, y por don Luis, para que Dios lo iluminara y no diera permiso a Angélica para montar la obra teatral de un protestante, tan hereje como el mismísimo Lutero.

24

Los domingos en los que podían salir a la ciudad, Manolita no iba al parque, ni al cine, ni a sentarse en un banco para suspirar por los chicos que pasaban, ni a pasear junto a un cadete debidamente uniformado como Marilines. No. Manolita visitaba clandestinamente un piso del centro, muy cerca da la Puerta del Carmen, que era la única que quedaba en la ciudad después de las guerras que la habían sitiado y asolado. La primera vez que visitó aquel piso lo hizo con una chica de su pueblo que estaba en uno de los colegios de los pisos altos.

—Pero de momento no puedes contarle a nadie que has venido, ¿de acuerdo?

—De acuerdo.

Manolita se había quedado con la boca abierta cuando abrieron la puerta. Nunca había visto tanto lujo austero. De hecho, nunca había pensado que la austeridad y el lujo pudieran darse la mano. Todas las paredes de la entrada y del salón en el que pasaron la tarde estaban forradas de maderas nobles. Los muebles, antiguos, de diferentes estilos y tapicerías, habían sido otorgados en la herencia por una viuda que había dejado todos sus bienes a la obra. En las estanterías y en los aparadores, libros y marcos de plata repujada con fotografías de Pío XII, de Juan XXIII, de Pablo VI y de un sacerdote vestido de negro.

—¿Y este señor quién es? —había preguntado Manolita.

—Es nuestro fundador —había contestado la joven que les había abierto la puerta.

Y desde entonces, Manolita pasaba las tardes de sus domingos libres en aquel piso que olía a naftalina y al bizcocho de naranja que hacía la cocinera para las jóvenes recién ingresadas en la fundación, como ella y unas cuantas más. Rezaban el rosario antes de que don Santos, un sacerdote de sotana negra hasta los pies, alto y delgado, les hablara de los pecados de la carne y de los instrumentos de que se servía el demonio para conseguir sus planes de perdición para cada una de las muchachas que tenía delante y también de la humanidad entera. Nunca las miraba a los ojos. Dirigía siempre su mirada a diferentes puntos del centro de la pared, de manera que las chicas pensaban que siempre estaba mirando a alguna de ellas. Eso y el efecto de la penumbra que siempre inundaba la sala disimulaban el hecho de que don Santos no se atreviera a ser tentado por la belleza y por la juventud de ninguna de las chicas. No quería facilitarle la tarea al demonio, siempre acechante para hacerlo dudar de todos los votos que había hecho cuando fue ordenado.

Manolita contaba que los domingos visitaba a su tía Edelmira, pero la verdad es que la tía Edelmira Ruesta no había existido jamás. Era la excusa que ponía para ir a uno de aquellos pisos que tenía la orden en la ciudad. Le habían pedido que hiciera proselitismo entre sus compañeras, pero con cuidado de no elegir a nadie que pudiera contar demasiadas cosas. Había invitado a Asun porque enseguida se había dado cuenta de que estaba más sola que la una, y de que seguramente estaría encantada de refugiarse en palabras que guiarían su vida por el camino que lleva hacia la obra de Dios. Pero no había tenido ningún éxito, y Asun nunca la había acompañado.

Un jueves de abril, en el que las chicas tuvieron permiso para ir a la ciudad, Manolita le había contado a don Santos lo del teatro y él no le había dado mayor importancia. A fin y al cabo, en el mismísimo origen del teatro inglés estaban las representaciones de la Pasión de Nuestro Señor Jesucristo.

—Ya, padre. Pero me parece que lo que vamos a hacer nosotras es diferente. A lo mejor yo no debería participar.

—Claro que sí, mujer. Así pones un poco de orden si ves que las cosas se salen del tiesto.

—Sí, padre. Póngame ya una penitencia, que ya me he aprendido unas cuantas frases de mi papel, y dice muchas barbaridades. Me ha tocado hacer de una especie de monstruo que se llama Calibán, uno cuya madre era una bruja.

—Pues vaya.

—No me gusta nada ese personaje.

—En esta vida tenemos que aguantar muchas cosas que no nos gustan, hija mía. Todas son pruebas que nos pone Nuestro Señor. Lo harás muy bien, ya verás. Reza tres rosarios y ofrécelos por todas las palabras que tienes que poner en tu boca y que fueron escritas por un bárbaro inglés.

—Pero si todos los días rezo uno, padre. Eso para mí no es ninguna penitencia.

—Pues reza los tres seguidos y ya está.

Manolita recordaba el día de su primer viaje, durante el que no había parado de rezar. Pero no le dijo nada al cura.

—Gracias, padre.

—Dios te reserva grandes cosas, jovencita.

En el autobús de regreso a la Laboral se había sentado con Marilines, que había pasado la tarde con Carmelo en el cine.

—¿Y qué película habéis visto?

—*La condesa de Hong-Kong*. Salen Sofía Loren y Marlon Brando. Qué guapos son los dos, madre mía. A mí me gustaría ser artista y hacer películas de amor.

—¿Y besarte con otros hombres que no son tu novio? Eso es de malas mujeres. ¡Cómo se te ocurre ni siquiera pensarlo!

—Pero son besos de mentira. No son como los que nos damos Carmelo y yo.

—O sea, que tu novio te besa en los labios. Sabes que eso es pecado si se hace antes de casarse una. Lo sabes, ¿no?

—Pecado es si se hacen otras cosas. Besarse está permitido.

—De eso nada. Además, si tu novio te besa es que no te quiere. Si lo hiciera te respetaría y no te haría esas cosas.

Marilines estaba a punto de echarse a llorar. Hacía dos meses que notaba muy raro a su novio. Los besos de Carmelo no tenían el mismo sabor que antes. Ni eran tan apasionados ni tan constantes cuando estaban en el cine. Buscaban siempre la última fila para que nadie los viese besarse. Al principio, ni se acordaban de nada de la película porque se la pasaban siempre besándose. En cambio, esa tarde, Marilines se acordaba de cada detalle de los vestidos y de las toallas de la condesa rusa que interpretaba la Loren.

—¿Qué te pasa? ¿Es por lo que te he dicho? No es para llorar, es para no volverlo a hacer y para confesarse.

—No, no es eso. Es que me parece que Carmelo ya no me quiere.

—Mira, Marilines, guapa. Ese chico es mayor que tú y además de una buena familia. En esa academia de oficiales no entra cualquiera. Serán todos más o menos de su mismo estilo. Y se relacionarán con chicas de su clase y de su edad. Tú has sido su novia mientras estabais en el pueblo y mientras se espabilaba en la ciudad. Pero ahora seguro que tiene a alguna niña bien suspirando por él. Incluso a más de una y puede elegir. Deberías ir olvidándote de él, y sobre todo, no dejes que te meta mano. Los hombres no se casan con las mujeres que han probado antes.

—Pero si a mí no me ha hecho nada. Nunca he dejado que me tocara —y bajó la voz a decirlo— ni un pecho.

—Pues mejor. Así, aunque te deje plantada, puedes estar bien tranquila.

Pero Marilines no estaba tranquila. Si había ido hasta allí a vivir en un internado, había sido por seguir a Carmelo. Si había dejado a su familia, a sus vacas y su vida tranquila en la aldea, había sido porque no podía imaginar su vida sin él.

—No puedo imaginar mi vida sin él —le confesó a su amiga—. Me moriré.

—Pues parece que él sí que puede imaginar la suya sin ti. Así que no hagas una tragedia de lo que no llega ni a comedia.

—Para mí es una tragedia. He cambiado toda mi vida por él.

—Has tenido la oportunidad de venir aquí a seguir estudiando y la has aprovechado. Piensa en lo positivo que es. Si te hubieras quedado en tu pueblo, no podrías ir a la universidad. Gracias a haber perseguido a ese desagradecido de tu Carmelo estás aquí. —Acababan de llegar al recinto y estaban a punto de bajarse del autobús—. Algo bueno has sacado.

—Me cortaré las venas.

—No harás semejante desatino, que además es pecado mortal.

—¿Y a mí qué me importa que sea pecado?

—Irías al infierno de cabeza. Por mucho que yo rezara, no te podría sacar de allí. Así que no digas sandeces.

—Yo no quiero seguir viviendo sin Carmelo.

—Pero ¿tú eres tonta o qué? Como si no hubiera más hombres ni más vida que ese imbécil.

—No le llames imbécil.

—Lo que es. Además, te ha hecho un favor.

—¿A mí?

—Mejor que te deje él que no al revés. Así eres la víctima y no el verdugo. Es mucho más cómodo, sobre todo si eres mujer. Dentro de unos años te habrías dado cuenta de que ese muchacho no te convenía, lo habrías dejado tú y todo el mundo, sobre todo en tu pueblo, te habría juzgado. Así no.

—Visto así...

—Así es como tienes que verlo. Si no lo haces, es que eres tonta de remate.

Llegaron a la residencia justo a la hora del segundo turno de la cena. Las otras ya estaban en la habitación. Cuando abrieron la puerta, Roberta se levantó rápidamente de la silla.

—¿Habéis oído la noticia? ¿Os habéis enterado?

Y no, ni Manolita ni Marilines se habían enterado de la que iba a ser la noticia más importante en todos los medios de comunicación mundiales durante los dos meses siguientes. Una noticia que conmocionó al mundo entero un jueves, 4 de abril de 1968. También al joven impresor, que seguía pensando en Sofía desde el sábado anterior.

25

Angélica escuchaba ópera siempre que podía. Por la noche en su habitación encendía el tocadiscos y colocaba alguno de los elepés que había comprado en un viaje que había hecho por Italia unos años antes. Ponía el volumen lo más bajo que podía y se tumbaba en la cama. A veces hasta se encendía un cigarrillo y miraba la caprichosa danza del humo. Le gustaba pensar que seguía el ritmo de la música hasta que desaparecía confundido con el aire pesado de la habitación.

Esa noche escuchaba *Rigoletto*, la historia de un padre que tanto quiere proteger y vengar a su única hija que acaba provocando su muerte. La música de Verdi la llevaba al texto que estaba estudiando para llevar a escena: en *La tempestad* de Shakespeare también todo gira en torno a un padre y a una hija, a venganzas, a engaños y a dualidades. Próspero quiere volver a Milán, pero sabe que volver no es lo mismo que regresar.

Angélica también sabía que quien vuelve a un lugar no es la misma persona que se fue. Lo experimentaba cada vez que iba al pueblo en verano. Notaba que cada año cambiaban sus deseos, su modo de mirar al mundo y a sí misma. Pero el pueblo no cambiaba: lo que encontraba era lo mismo que llevaba anclado en sus calles desde hacía siglos. Sus antiguas compañeras de la fábrica la miraban con recelo. Lo mismo hacían quienes fueron al colegio con ella. Incluso su madre la miraba como si no la hubiera parido. Como si fuera una extraña a la que tenía que alojar durante más de un mes. Una extraña que le hablaba de personas que ni conocía ni le interesaban lo más mínimo. Una extraña que había cruzado las marismas y que creía que eso la hacía estar por encima de los demás. Una extraña que se cobijó en su seno durante nueve meses de soledad y que nunca le había servido para nada más que para darle disgustos y para que las otras mujeres del pueblo la señalaran. Era la única de sus vecinas que seguía sin ser abuela. La única cuya hija no se había casado. La única a la que daban la tabarra diciendo que a saber lo que haría su hija por esos mundos de Dios, que no tenía que haberla dejado marchar. Que, si se hubiera quedado, ahora estaría casada con alguno de los pescadores como ellas, y disfrutaría de las alegrías de los pequeñuelos.

Otras veces pensaba que mejor estaban las cosas como estaban, que era preferible que Angélica no se hubiera atado a ninguno de los patanes que salían cada mañana en los barcos, después de desahogarse con sus mujeres en la cama de madrugada. A ellas les gustaba contar que sus maridos eran muy hombres y cumplían cada mañana antes de hacerse a la mar. La madre de

Angélica imaginaba que las sábanas se impregnaban de un olor a pescado que no se iba jamás, ni de la tela ni de su piel. Los hijos que alumbraban ya nacían con el mismo olor, que penetraba a través del cordón umbilical, y los mocos que les colgaban de sus narices tenían el tufo del pescado podrido.

Angélica observaba los corrillos de mujeres los sábados de verano en el mercado. Todas habían ido a la peluquería el día anterior después de salir de la fábrica. Sus cabezas llevaban los peinados que salían en las revistas de moda y de sociedad. El corte voluptuoso que lucía Gina Lollobrigida en las fotografías se veía ridículo al enmarcar aquellos rostros adustos que coronaban espaldas encorvadas por la tarea diaria de descabezar anchoas. Los rulos no hacían milagros. Ellas lo sabían, pero no querían renunciar a sentirse tan hermosas como las artistas italianas, al menos unas horas cada semana. Así se hacían la ilusión de que sus maridos no siempre pensaban en aquellas mujeres inaccesibles, que debían de oler a perfumes caros, mientras las tocaban.

Nada la ataba al pueblo. Ni siquiera su madre. En cuanto bajaba del autobús, ponía un pie en el suelo y veía el humo negro que salía de la fábrica de harina de pescado, ya le entraban ganas de volver al internado, que era el único lugar al que había considerado su hogar desde que se fue a estudiar a Santander. Solo tenía una habitación pequeña, pero no necesitaba más porque entre aquellas cuatro paredes sentía que era dueña de todo un reino. Su habitación era la isla de Próspero, y en ella vivían todos sus deseos y todas sus frustraciones. Ni mejores ni peores que las de los demás, pero eran las suyas. Y eso le bastaba. No tenía espíritus que la sirvieran, ni náufragos a los que agasajar.

Aunque a veces le parecía que todas sus niñas eran tan náufragas como ella, como Próspero y como Miranda, a quien ni siquiera su belleza era capaz de salvar.

Al menos allí nadie la miraba como si fuera un bicho raro. Era una más entre todas aquellas mujeres que habían dejado casa y pueblo porque creían que estaban contribuyendo a mejorar el país. Cada una de una manera diferente y por razones muy distintas. Unas porque creían a pies juntillas todo lo que salía del régimen, especialmente si lo proponía Girón de Velasco, que ejercía un atractivo singular dentro de la Sección Femenina. Otras porque pretendían cambiar la mentalidad del país y prepararlo para el día en que la aguas navegaran por cauces europeístas y democráticos. Pero todas pensaban que hacían algo bueno por las chicas, por la sociedad y, por supuesto, por ellas mismas.

Como Rigoletto, que pretende vengarse del duque que ha seducido a su inocente hija. De Gilda, Angélica pensaba que era el personaje femenino más estúpido de toda la historia de la ópera. Se deja matar para salvar al hombre que ama, que no merece ni una sola gota de su sangre, ni una lágrima, ni una de las notas que emite la soprano cuando canta sus arias, sus dúos y su cuarteto final. Angélica opinaba que la música de Verdi era capaz de corregir todas las tonterías que se les ocurrían a los escritores. «Una frase disparatada y un comportamiento idiota quedan bendecidos por las melodías sagradas creadas por los compositores —solía decir cuando hablaba de música con sus tuteladas—. Aunque a veces, algunos se empeñen en devolver a los personajes al universo de la estupidez. Como en esa canción tan popular de Juanita Banana».

Y es que a Angélica le irritaba sobremanera escuchar la melodía que Verdi compuso para el aria de Gilda convertida en grititos desafinados que ridiculizaban a la tal Juanita, hija de un vendedor de plátanos y con desafortunadas ínfulas de soprano.

—Deberían colgar a todo aquel que canta esa canción. Y a quien la escucha —decía en cuanto tenía ocasión—. Pobre Verdi. Si levantara la cabeza la volvería a meter en la tumba para no ver los desaguisados que hacen con su música.

—Bueno, tampoco es para tanto —le contestó un día Sofía, que recordaba haber cantado y bailado aquella melodía en las fiestas de su pueblo.

—Es para eso y para más —contestaba Angélica y daba por zanjada la conversación.

26

Aquel jueves, Angélica estaba escuchando el cuarteto del acto final de *Rigoletto* cuando entró la directora del colegio con la noticia.

—¿Has oído la radio? ¿Sabes lo que ha pasado?

—No, doña Elvira. Estaba escuchando música. ¿Qué ha ocurrido?

Por un momento, Angélica pensó que había muerto Franco, que era lo que todo el mundo esperaba que pasara ya más pronto que tarde, debido a la edad avanzada del dictador. No obstante, casi nadie quería que ocurriera ya: unos porque sabían que en el momento en el que falleciera el caudillo pasarían muchas cosas que les harían perder su poder. Otros porque consideraban que todavía había mucha tarea que hacer para preparar el país hacia una transición democrática de verdad, lejos del invento que se había sacado el régimen de la manga y que llamaban «democracia orgánica». Doña Elvira pertenecía al primer grupo y Angélica al segundo. A doña Elvira la habían convencido sus hermanos de aceptar ser directora de uno de los colegios de la Laboral. Era viuda de guerra y había regentado un estanco durante unos años. Pero nunca le gustó estar tras el mostrador vendiendo cigarrillos a los obreros del barrio y puros a los señoritos. Todos tenían los dientes tan amarillos como los mulos del cuartel en el que había servido su marido. Sus estudios de Magisterio y su labor en la Sección Femenina la habían llevado hasta allí, pero sabía que si el régimen cambiaba perdería parte de sus prebendas. Entre ellas, la de seguir siendo la propietaria del estanco, privilegio concedido solo a las viudas de guerra como ella, y que daba mayores beneficios que tener una joyería en el centro de la capital.

—Que han matado a ese pobre hombre —dijo.

—¿Han matado a Franco? —Angélica apagó el tocadiscos y en el aire se quedaron las últimas notas del cuarteto con las voces del jorobado, de su hija, del duque y de Magdalena, que llevaba un nombre puesto con mucha intención.

—Angélica, ¿usted cree que me referiría yo al caudillo, al que Dios guarde muchos años, como «pobre hombre»?

—Pues no —repuso Angélica mientras apagaba su cigarrillo en el cenicero de cristal de Murano que siempre la acompañaba—. ¿Entonces?

—En América ha sido. Le han pegado un tiro a ese hombre que era tan bueno.

—¿A quién?

—A Luther King —respondió Elvira, mientras se sentaba en la cama de Angélica—. Es horrible.

—¿Han matado a Martin Luther King? —Angélica se sentó en la silla mientras se llevaba la mano a la boca como si no se atreviese a pronunciar más palabras que unieran el nombre del pastor de Georgia con la muerte—. No puede ser. No puede ser.

—Sí, hija, sí. En Memphis, cuando estaba en el balcón de un hotel. Un malnacido le ha disparado desde una pensión que había enfrente. Y lo ha matado. Muerto.

—¡Qué barbaridad! Pero ¿quién ha podido hacer algo así? Matar a Luther es como matar a un ángel. ¿Quién puede matar a un ángel? Cuando se mata a un hombre bueno es como si se apagara una estrella del firmamento.

Elvira se quedó mirando a Angélica. Pensó que a ella nunca se le habría ocurrido una frase así. La memorizó para intentar repetirla cuando tuviera ocasión. Y la tuvo. Varias veces.

—Lo ha matado un hombre blanco. No lo han detenido todavía. Pero lo harán y espero que lo maten inmediatamente.

—Nadie tiene derecho a matar.

—Pobre hombre. No tenía la culpa de que sus padres lo llamaran como al hereje. Y tampoco tenía la culpa de tener la piel de color oscuro. —Angélica pensó que a veces las palabras de doña Elvira parecían dictadas por un mal escritor. También pensó que lo de doña Elvira no lo podría arreglar ni siquiera Verdi—. Uno nace como nace. Y todos somos hijos de Dios, los blancos y los negros. Como en esa canción de Antonio Machín. La de los «Angelitos negros». A ver cuándo se la enseña a nuestras niñas. Este podría ser un buen momento.

Angélica hizo como que no había oído las últimas frases de la directora.

—Pues quien lo haya matado no debía de pensar lo mismo. Nadie había luchado más que él en los Estados Unidos por los derechos de la población negra. Es desolador que alguien pueda hacer algo así.

—La historia está llena de crímenes y de injusticias. A tu padre lo mataron y seguro que también era un hombre bueno.

—¿Y usted cómo sabe que mataron a mi padre?

—Aquí se sabe todo, hija. Antes de contratarte estudiaron tu pasado y el de tu familia. También hicieron lo mismo conmigo. A mi marido lo mataron los de tu padre.

—Mi padre no era de ninguno. Era marino mercante.

—Y mi marido se metió al ejército para comer caliente todos los días. Tanto le importaban unos como otros.

Angélica vertió agua de su jarra en el calentador y ofreció una taza de té a doña Elvira.

—Nunca tomo té más que cuando tengo diarrea, pero creo que hoy haré una excepción. Además, ese té es diferente.

—Sí, es inglés.

—A ti te gustan mucho las cosas del extranjero, ¿verdad, hija?

—En el extranjero hay muchas cosas que aquí no tenemos —contestó Angélica sin dejar de mirar los ojos de doña Elvira. Aquella pregunta podía tener segundas, e incluso terceras intenciones.

—Se te nota que has viajado mucho. Lo ves todo con otros ojos. No sé si eso es bueno o es malo.

—Yo tampoco lo sé.

—En fin. Dejémoslo. Qué pena lo de Luther King. ¿Quién se iba a esperar una cosa así? No entiendo cómo puede haber gente capaz de matar de esa manera.

—En la guerra, su marido mataría a más de uno antes de que lo mataran a él.

—Una guerra es una guerra. Matar a sangre fría es una cosa muy diferente.

—El resultado es el mismo.

—No tiene nada que ver, Angélica. Esto ha sido como el asesinato de John Kennedy. Otra barbaridad que nadie esperaba. Matarlo mientras iba en el coche con su mujer, delante de todo el público que lo aclamaba. Dios los tendrá ya a los dos en el paraíso.

—Desde lo de Kennedy no había ocurrido nada así en los Estados Unidos. Habrá que leer los periódicos mañana.

—Te los pasaré en cuanto les eche una ojeada. Esto va a traer cola.

—Gracias, doña Elvira. Voy a decírselo a las chicas, que no se habrán enterado. Precisamente esta semana estuvimos analizando el discurso de Martín Luther King del año 63, cuando dijo aquello de «*I have a dream*». Lo estuvimos relacionando con una de las frases de la comedia que vamos a representar.

—¿La de Shakespeare?

—Sí. En un momento dado, el protagonista habla de que los humanos estamos hechos de la misma materia que los sueños. El protagonista viene a decir que somos una ficción más, y que no hay tanta diferencia entre la realidad y la ficción. Pero me vino a la mente el «sueño» de Luther King y se lo comenté a las chicas. Luther las había fascinado, sobre todo a Roberta y a Hortensia, que tienen pegada en sus cuadernos una fotografía suya, de algún periódico viejo o de alguna revista. Se van a quedar muy impresionadas cuando les diga lo que ha pasado.

—Esto nos ha conmocionado a todos.

—¿Por qué matan a todos los hombres que creen en la paz? Ya lo hicieron con Gandhi y ahora con él. Es como si la humanidad no quisiera la paz. Como si lo natural en el ser humano fuera la guerra, la destrucción, y no la paz y la armonía.

La joven llevaba preguntándoselo desde que tuvo conciencia de lo que pasaba en el mundo y de lo que había pasado cerca de ella poco antes de que naciera. Cuando supo que aquel padre al que nunca conoció había muerto en medio de una guerra y sin haber llevado jamás un arma en la mano, se dio cuenta de que casi nada de lo que pasaba en el mundo tenía nada que ver con la justicia y con la razón, sino con algo que ella no era capaz de entender. Lo había intentado. Había leído mucho para buscar respuestas en los libros, pero incluso en ellos todo acababa conduciendo a la ignorancia y a la desesperación. Ni Próspero se libraba.

—Demasiados intereses y demasiados fanáticos, hija. Por cierto, ¿por qué fumas tabaco negro? Huele fatal esta habitación. Mañana te traeré unos cigarrillos mentolados rubios que me han regalado de muestra con una remesa de tabaco americano. Te gustarán. Y al menos, no huelen tan mal.

—Gracias, doña Elvira.

Angélica no lo notaba, pero su cuarto tenía el mismo olor a tabaco rancio y seco que tanto había despreciado en los tiempos que visitaba aquella pensión de Santander con el novio más aburrido que había tenido jamás.

—Y enséñales a las chicas la canción de los «Angelitos negros» —le pidió doña Elvira mientras salía de su habitación canturreando aquello de «aunque la virgen sea blanca, píntale angelitos negros, que también se van al cielo, todos los negritos buenos».

27

—Que han matado a Luther King —explicó Hortensia a las recién llegadas, Marilines y Manolita. Estaba hecha un mar de lágrimas, como sus compañeras, que no podían creerse lo que les acababa de decir Angélica.

—No puede ser —dijo Marilines.

—Pues sí.

—Que Dios acoja su alma —exclamó Manolita.

—Pero ¿qué es lo que ha pasado?

—Pues eso, que lo ha matado un blanco. Aún no lo han detenido.

—Era un hombre bueno. No os preocupéis. Irá al cielo. Bueno, ya habrá llegado. Las almas nobles llegan directamente sin pasar por el purgatorio.

Las demás la miraron contrariadas. Había abierto su armario y había colocado su chaqueta como hacía siempre. Su rostro no había mostrado ningún signo de dolor.

—Pero ¿es que estás hecha de piedra o qué? —le preguntó Asun.

—¿Por qué lo dices?

—No hemos parado de llorar desde que lo hemos sabido. Y a ti te ha dado completamente igual. Como si te hubiéramos contado que de postre habrá flan en vez de yogur. ¿Es que no te afecta nada?

—Claro que me afecta. Pero Dios le habrá abierto las puertas del paraíso. No hay de qué preocuparse. Es un mártir y Dios quiere mucho a los mártires, aunque sean protestantes, hinduistas, blancos o negros.

—Mira, déjalo, Manolita. No te aguanto —le dijo Hortensia.

Cuando bajaron al comedor para cenar en el segundo turno, había un silencio como nunca antes. La noticia había corrido por el internado y tanto las chicas como las tutoras estaban conmocionadas. Por primera vez se podían oír los movimientos de los cubiertos sobre la bandeja de acero inoxidable.

—En mi pueblo, cuando nace un varón, la meiga pone debajo de su almohada un clavo para que no muera en ningún acto violento en el que intervenga un cuchillo, o una bala —apuntó Marilines, que no dejaba de mover el tenedor en el plato.

—¿Y qué tiene eso que ver con lo de hoy? —le preguntó Sofía.

—Nada. Es que me he acordado por lo del disparo. Me voy a la habitación. Estoy cansada.

La joven se levantó de la mesa y salió al pasillo donde estaban las estanterías con los huecos para cada servilleta. Las chicas las dejaban allí cada día y las volvían a coger para cada comida. Dos veces a la semana se lavaban en la lavandería colectiva y entonces tenían servilletas limpias. Más de una vez cogían la que no era y dejaban la suya en otro casillero. Esa tarde, Marilines cambió a propósito la suya por la que tenía el número 610. Sin ninguna razón eligió esa. Se limpió la boca con ella y la colocó en su casillero, que era el 1321.

Cuando se metió en la cama se echó a llorar. Ya lo había hecho antes en el cuarto de baño. Había tirado de la cadena varias veces para que nadie escuchara su llanto. En la habitación tenía que llorar en silencio. Controlaba sus hipidos para que nadie la escuchara. No lloraba por el muerto, sino por ella misma y por su amor desgraciado. De nada habían servido los pétalos secos de camelias que doña Cira había puesto bajo su almohada cuando nació. En su aldea, decían que eso portaba buena fortuna para las mujeres, tanto en el amor como en los futuros partos. Pero Marilines en aquellos momentos se sentía la persona más desgraciada del mundo, más aún que las tías abuelas de su madre que se habían ido a Cuba y de las que nadie había vuelto a saber nada. Incluso más que la viuda del hombre que acababan de matar al otro lado del mundo. Carmelo y ella habían terminado. Aunque el chico no se lo había dicho claramente, era obvio que había encontrado a una de su clase con la que compartía mucho más que con ella. Ella, que estaba viviendo lejos de todo lo que amaba por seguirlo a él. Ella, que le había dedicado todos y cada uno de sus pensamientos desde la primera vez que lo vio, cuando eran niños, él jugaba a saltar las vías del tren y ella acompañaba a su madre a visitar a doña Cira para que le diera unas hierbas que Marilines nunca supo para qué necesitaba.

Por un momento pensó en dejarlo todo y volver al pueblo. Pero eso suponía pasar el resto de sus días viviendo en la vergüenza. Todos sabían que se había marchado por Carmelo. Volver sin él la convertía en una mujer marcada y ridícula a la que nadie se querría acercar jamás. Sería la pobre chica que se había enamorado del hijo del ricachón y se había creído que se iba a casar con él. A saber lo que habrá pasado. Seguro que ella se había dejado hacer, pensarían, y él no se iba a casar con carne que había probado. Ni él ni ningún otro hombre se casaría con ella.

—Pero yo no he hecho nada malo con Carmelo. Solo nos hemos besado en el cine. Y poco —le explicó a su madre cuando la llamó al día siguiente para decirle que se volvía a la aldea.

—Como si lo hubieras hecho. Seguirás ahí hasta que termine el curso. Y volverás al siguiente y te harás una mujer de provecho a la que nadie tendrá que mirar por encima del hombro. ¿Me has entendido bien?

—Sí, madre. Lo que usted diga.

Y Marilines siguió en la residencia, estudiando aún más que antes. Cuando recibió una carta de Carmelo dos semanas después, estuvo dudando entre abrirla o no. Sabía lo que decía y también sabía que no iba a contestarle. Marilines conocía el poder que tienen las palabras, y que hay algunas que es mejor no leer ni escribir. Rompió el sobre cerrado en mil pedazos y los fue tirando en las papeleras que había en los corredores que unían el internado con su clase. Mientras lo hacía, intentaba memorizar una de las réplicas de Ariel, el espíritu del aire que sirve a Próspero y que era el personaje que le había tocado interpretar. Era un fragmento en el que Ariel muestra toda la crueldad de la que es capaz su poder sobrenatural. Marilines pensaba que ojalá ella también tuviera esos poderes mágicos y pudiera desencadenar una tormenta que acabara con Carmelo en el fondo del mar, aunque no se hubiera subido a un barco jamás.

«Pero recordad, pues es el motivo que me trae, que vosotros tres despojasteis al virtuoso Próspero del Ducado de Milán, y con su inocente hija le expusisteis a las ondas, que le devolvieron a tierra. Por acción tan infame, los altos dioses que retrasan el castigo, pero que no le olvidan, han conjurado contra vuestra paz al océano, a la tierra y a todas las criaturas. Para evitar su furor, que va a caer en esta desolada isla sobre vuestras cabezas, solo os queda el recurso de un corazón contrito y una enmienda radical de la vida».

Sí, en aquellos momentos a ella le hubiera gustado tener control sobre los océanos, los rayos y las centellas. O al menos, sobre sí misma para dejar de pensar en Carmelo y en su funesto amor.

28

Al día siguiente se guardaron unos minutos de silencio por Martin Luther King en casi todas las clases. El cura hizo referencia a él en la misa y habló de la necesidad de considerar hijos de Dios a todos los hombres de buena voluntad. También reflexionó sobre el hecho de que todas las personas deberíamos ser iguales ante la ley y ante los ojos de los demás, pues así es a los ojos del Creador. Ese día acudieron a misa muchas más chicas de lo habitual. Todas las chicas de la 305 fueron a escuchar las palabras de don Luis. Sentían que de esa manera se acercaban más al pastor que había sido asesinado a causa de su lucha por la igualdad de los seres humanos.

Por la tarde iban a empezar los ensayos de la obra. Angélica había repartido los papeles una semana atrás, y todas las chicas andaban aprendiendo sus textos. Las de la habitación 305 y todas las que se habían inscrito en la actividad teatral. Marilines sería Ariel, Manolita Calibán, Sofía interpretaría a la bella Miranda. Roberta se convertiría en Fernando, hijo del rey de Nápoles, Asun se transformaría en Antonio, el usurpador del trono de Milán, y Hortensia sería Próspero, señor de la isla, mago y depuesto duque de Milán, abandonado en el mar con su hija Miranda, hacedor de encantamientos y cuyo deseo máximo es su regreso a la patria perdida.

—Pues como Ulises, ¿no? —preguntó Asun cuando Angélica les contó la obra.

—Bueno, según cómo se vea. Todo náufrago es un poco Ulises.

—Todos somos náufragos de un modo u otro, todos lo somos —insistió Asun—. Andamos perdidos en la vida intentando llegar a un buen puerto, a una Ítaca, al paraíso del que fuimos expulsados por la acción de Adán y Eva. Siempre he pensado que esa fue la primera injusticia que hizo Dios con la humanidad, que tengamos que pagar justos por pecadores.

—Dios no tiene la culpa de los pecados de los hombres —intervino Manolita.

—Bueno, bueno —cortó Angélica, que temía que Manolita empezara a dar uno de sus discursos apologéticos y proselitistas—. Asun tiene razón. Próspero es un náufrago, pero Shakespeare lo dota de una sabiduría extraordinaria. Es capaz de hacer una magia tan poderosa que hasta provoca tempestades. Domina a los espíritus de la isla y a sus monstruos.

—Como Ulises, que es el más sabio de todos los reyes, príncipes y guerreros que luchan en la guerra de Troya —comentó Hortensia, que estaba encantada de encarnar al protagonista de la obra—. Acordaos de que fue él quien inventó lo del famoso caballo de madera. Es siempre astuto y consigue lo que quiere. Y los años que vive «perdido» por las islas del Mediterráneo, lo pasa estupendamente con las ninfas y con las diosas más bellas. Acordaos de los episodios de Calipso, de Nausícaa y de Circe. ¡Anda que no disfrutaba mientras la inocente de Penélope estaba esperándolo en Ítaca!

Las palabras de Hortensia sobre Ulises le recordaron a Angélica su historia de amor con Andrés: también ella esperaba pacientemente a que llegaran aquellos terceros sábados de cada mes cuando se reunían en los jardines de Piquío o en la pensión del Paseo Pereda. Ella también fue Penélope, pero no tuvo su paciencia. Ella sí estaba con Andrés y se aburría soberanamente. Penélope tenía todo el tiempo de mundo para recrear a Ulises a su gusto, para imaginarlo como ella lo deseaba, sin que durante veinte años sus fantasías chocaran con la realidad.

—Siempre he pensado que Ulises era un caradura —opina Marilines—. Se aprovechó de todas las mujeres que lo ayudaron.

—Como tu soldadito —le replica Roberta.

—No es mi soldadito. Lo hemos dejado.

—¿Qué?

—Que ya no es mi novio, Roberta. Y ya está. No me preguntéis nada más, que no tengo ganas de hablar de él. Se acabó. Sin más.

Angélica se quedó mirando durante un buen rato a Marilines, que controlaba las lágrimas que se apelotonaban en sus ojos para salir. Intentó cambiar de tema para evitar que la muchacha se echara a llorar delante de todas.

—En el fondo, todos buscamos algo en la vida. Y todos encontramos nuestro camino en ella. También Luther King, cuya muerte no va a ser en vano. Ya no hay vuelta atrás en cuanto a los derechos de los negros en América. El camino que ha trazado no es un camino circular como el del regreso de Ulises a Ítaca. El suyo es un camino hacia delante. Él ya no lo vivirá, pero ha trazado la senda que otros seguirán más pronto que tarde.

—Como Moisés.

—Sí, Manolita, más o menos como Moisés.

Marilines se había quedado callada. Pensaba que para ella tampoco había vuelta atrás. Se moría de la vergüenza solo de pensar en regresar a su pueblo. Imaginaba a Carmelo con una nueva novia paseando por las calles y celebrando fiestas en el caserón de su familia. Sabía que se sentiría como la Sabrina aquella de la película cuando contemplaba los festejos de los Larrabee subida a un árbol. Solo que en su caso nadie la miraría con lástima y cariño, sino con desprecio. Ella conocía bien a las gentes de su pueblo. Aquel que osaba salirse de la norma, es decir, de lo que el mundo había decidido para él, era castigado con el ostracismo. Era la manera de proteger la propia vida: cada uno se conformaba con lo que le había tocado en suerte y no intentaba saltar ninguna barrera. Ella había saltado dos, no una:

se había ido a estudiar fuera y se había enamorado de un hombre de una clase superior. Las mujeres de la generación anterior a la suya nunca habían ido a la escuela, no sabían ni leer ni escribir, pero sabían lo que estaba bien y lo que estaba mal. Y marcharse de sus tierras para aprender lo que pasaba al otro lado del mundo estaba mal. Muy mal. Para ellas, que no conocían mundo más allá del río y de la pequeña ciudad a la que iban muy de tarde en tarde, marcharse del pueblo era de malas mujeres que reniegan de lo que ha dado de comer y de vivir a todos sus ancestros. Y encapricharse del hijo de don Baltasar era querer entrar en el universo prohibido para los que habían nacido pobres y pobres debían seguir. Como decía el cura que sustituyó a don Nicanor, ya se encargaría el cielo de juzgar a unos y a otros, y de colocar junto al Padre a los justos, hubieran sido ricos o pobres. En el paraíso no había jerarquías, pero en la tierra sí. Y así debería ser. En todo eso pensaba Marilines mientras Angélica iba explicando algunos pormenores del concepto de Shakespeare sobre la soledad de los seres humanos en el mundo. En ese momento sintió que un vendaval recorría su conciencia y su memoria, se acordó de lo que un día le había dicho doña Cira al cura al acabar la función y decidió que no volvería al pueblo más que de visita.

29

Cuando Asun leyó la obra, no le gustó el papel que le había tocado. Antonio, el usurpador, el que había deseado la muerte de su hermano y de su sobrina para quedarse con el trono de Milán. Era, sin duda, el peor personaje del drama. Se preguntaba por qué Angélica la había elegido a ella, precisamente a ella, para interpretar al traidor, al malvado, al ambicioso. A ella, que era justamente lo contrario. Ella, que se tuvo que morder mil veces la lengua para no contar lo que ocurría en su casa cada noche.

Ya antes de la muerte de su madre, su padre visitaba de vez en cuando su habitación. Después comenzaron a hacerlo también sus hermanos. Ella no entendía nada de lo que pasaba. Creía que aquello era algo que ocurría en todas las casas del pueblo. Lo único que le parecía raro era que su padre y sus hermanos siempre le advertían: «No se lo cuentes a nadie. Si lo haces, se te llevarán los ángeles de alas negras al infierno, que está lleno de pozos oscuros, y no podrás salir de allí nunca más».

Y no había nada que le diera más miedo a Asun que los pozos. Cuando era muy pequeña, se había caído en uno, y habían pasado varias horas hasta que la encontraron. Había sufrido tanto pánico que la sola mención de la palabra «pozo» la hacía temblar. Los hombres de su casa lo sabían bien, y utilizaban su miedo para atemorizarla y conseguir su silencio acerca de lo que ocurría cada noche.

El día que murió su madre, Asun no podía parar de llorar. Aunque nunca le había contado nada, la niña pensaba que su madre sabía, y que por eso siempre estaba triste y callada. Algunas veces se encontraban sus miradas en algún lugar del aire de la habitación y ambas agachaban los ojos, avergonzadas de lo que conocían y callaban.

Solo una de las monjas se había atrevido a preguntarle a la madre un día en el que la mujer acudió al colegio con un par de panes y un tarro de mantequilla recién hecha.

—Doña Herminia, ¿está usted bien? Le veo mala cara.

—Estoy bien, madre Presentación.

—La niña no tiene amigas. Se sienta en un rincón en el recreo y no habla con nadie. Es muy raro.

—Siempre ha sido una niña muy tímida. Sobre todo, desde que se cayó al pozo cuando tenía tres años. Desde ese momento, fue como si habitaran en ella todas las sombras.

—Yo creo que hay algo más, doña Herminia. A veces tiene moratones en los brazos y en las piernas.

—Se cae muchas veces. Es muy torpe.

—Aquí no se cae nunca. También vomita algunas tardes cuando está a punto de terminar la escuela. Da la impresión de que tiene miedo de volver a casa.

—En casa tiene de todo, buena comida, leche, queso. Una cama para ella sola. No tiene de qué quejarse.

—Prométame que la va a observar. Me tiene muy preocupada.

Y así se quedó la cosa. La monja sospechaba y un día habló con el médico que iba al pueblo montado en un burro una vez cada dos semanas.

—Don Eulogio, mire a esa niña en mi despacho. Me parece a mí que en su casa pasan cosas.

—¿A qué se refiere, madre Presentación?

—Dígamelo usted cuando la reconozca. Yo soy monja y hay cosas de las que no sé mucho. Pero no soy tonta, y sé que algo le ocurre a esa criatura.

El caso fue que el médico reconoció a Asun y le contó a la reverenda que no notaba nada fuera de lo común. La chica era virgen, como era de esperar, y los moratones podían deberse a golpes y a caídas, como decía su madre.

—¿Y la tristeza, don Eulogio? ¿A qué se debe esa tristeza infinita que tiene con siete años?

—Las enfermedades del alma son cosa suya, madre Presentación. A mí no me meta en eso.

El médico se fue con su burro, y a los quince días regresó para firmar el acta de defunción de la señora Herminia.

Asun nunca se atrevió a contar nada a nadie. Ni a las monjas ni a su tía Raquel, que los visitaba de vez en cuando con la esperanza de casarse con su cuñado viudo.

Cuando Asun leyó la obra de teatro e intentó meterse en la piel del traidor Antonio, se le removieron las tripas. Bien era verdad que Próspero no era como su padre, que seguramente Próspero había sido un hombre decente que amaba honestamente a su hija. Antonio había traicionado, había matado para conseguir más poder. No se podía parangonar con él. Pero era verdad que ella había deseado mil veces la muerte de su familia para sentirse libre por fin. La de su madre la había llorado, pero siempre esperaba un telegrama que le dijera que su padre había muerto, y también sus hermanos. Se las había arreglado para no volver ni en Navidad ni en Semana Santa, alegando enfermedad y estudio respectivamente. Pero temía el verano en el que, si Dios no lo remediaba, tendría que regresar. Rezaba a Dios y a la Virgen cada noche para que pasara algo que acabara con todos ellos. A veces pensaba que le habría gustado tener tanta fe como Manolita. También habría deseado tener los poderes de Próspero sobre la naturaleza, no para provocar un naufragio, porque en Segovia no hay mar, pero sí para que se abriera repentinamente la tierra y engullera su casa, las gallinas y todos y cada uno de los cerdos de la granja, incluidos su padre y sus hermanos.

30

Dos días después del asesinato de Luther King en Memphis, las chicas estaban pegadas a la televisión de la sala común para ver el Festival de Eurovisión, en el que España iba a estar representada por Massiel, que cantaría el «La, la, la», una canción compuesta para Juan Manuel Serrat por el Dúo Dinámico. La negativa de Serrat a cantarla en castellano había desembocado en la sustitución de última hora por Massiel, que tuvo poco más de una semana para preparar el tema.

—Pues a mí me gusta más la canción de Inglaterra.

—Anda, calla, Sofía. Qué poco patriota eres.

—Solo digo que me gusta más.

—Es porque el cantante es más guapo —dijo Roberta.

—Angélica, ¿no vienes a ver el Festival? —le preguntó Marilines.

—No me interesa especialmente —contestó.

—Va a ganar Massiel —contestó Manolita.

—Pues no sé yo —replicó Asun.

Cuando salió Massiel todas se quedaron mudas. Su vestido minifaldero era algo completamente inesperado.

—¿De verdad que eso le ha costado cuarenta mil pesetas? Qué barbaridad, pero si casi no lleva tela. Todas las piernas al aire. Qué vergüenza. ¿Cómo la han dejado salir así? —exclamó Roberta, y todas se la quedaron mirando, porque más parecía que sus palabras las hubiera pronunciado Manolita.

—Es muy moderno. A mí me gusta —dijo Asun.

—Se lo ha pagado de su bolsillo. Así que se ha comprado el vestido que le ha dado la gana —apuntó Marilines.

—¿De qué color será? —se preguntó en voz alta Manolita.

—Aquí todo se ve igual. A ver cuándo tenemos tele en color, Angélica. Que yo ya conozco a gente que la tiene —dijo Neus, que había bajado dos pisos para ver el Festival con sus amigas del Colegio Verde.

—Ya, tus amigos de la base americana. Los americanos ya tienen tele en color. Pero a España aún no han llegado —explicó Hortensia.

—Aquí todo llega tarde —reconoció Angélica, y enseguida se arrepintió de haber hablado—. Quiero decir que ya llegará. Hay muchos lugares a los que aún no han llegado las televisiones en color.

—Pero mirad qué moderno es el vestido de Massiel. He leído que es francés, de alta costura, de un modisto que se llama Courrèges —intervino doña Elvira, la directora del colegio.

—Quieren que parezcamos más modernos de lo que somos. Por eso han mandado a Massiel con una minifalda. Si usted o yo salimos así a la calle, nos llevarían a la comisaría más cercana —se atrevió a decir Angélica.

—Siempre tan exagerada, hija.

—Sabe que tengo razón.

Se hizo el silencio para escuchar a Massiel. Las chicas estaban divididas: Roberta, Marilines, Asun y Manolita creían que ganaría España. Sofía, Hortensia y Neus apostaban por Inglaterra, y su canción *Congratulations,* interpretada por Cliff Richard, que era famoso en el mundo entero. Cuando llegaron las votaciones, todas las siguieron con el alma en un puño. Al final, y por un punto, ganó Massiel y se desató la locura en el internado y en el país entero. España había ganado nada menos que a la Gran Bretaña y en casa. Aquello se vivió como una revancha por la derrota de la Armada Invencible trescientos ochenta años atrás.

En el internado sirvió para barrer las sombras que habían dejado las noticias sobre el asesinato de Martin Luther King, cuya imagen y discursos fueron sustituidos en las rotativas y en los telediarios españoles por el minivestido de Massiel y por una canción que cantaba a la vida y cuyo estribillo no decía nada y era fácil de tararear en todos y cada uno de los idiomas del mundo.

31

Al fin de semana siguiente al triunfo en Eurovisión, las chicas tuvieron el sábado libre y fueron a la ciudad. En realidad, era ya Semana Santa, pero muchas de las chicas se habían quedado en la residencia para estudiar, y para disfrutar de la primavera en los jardines del internado, en vez de ir a sus pueblos a ordeñar y a limpiar corrales. Las niñas de la 305 fueron a la ciudad, menos Asun, que se quedó estudiando. Manolita se fue al piso de la mentida tía Edelmira, Sofía al teatro a ver una zarzuela con dos chicas mayores que eran del pueblo de al lado del suyo, y las otras tres a la bolera con otra de las que terminaban sus estudios ya ese año, y que también participaba en la obra, Neus, que era de Girona. Sus otras amigas tenían el lunes un examen de recuperación de matemáticas y por eso había salido con las tres chicas del Colegio Verde.

—Os voy a llevar a un sitio en el que nunca habéis estado.

—¿Dónde?

—El mejor lugar de toda la ciudad para practicar inglés. Desde que vamos Carmen, Amparo y yo, todos los sábados, nuestras notas de inglés son las mejores de toda la clase.

—¿Y eso por qué? ¿Nos vas a llevar a una academia?

—No, Roberta, tonta. Os voy a llevar a jugar a los bolos.

—¿Y por qué se mejora el nivel de inglés al jugar a los bolos?

—Marilines, hija, que no te enteras. Que a la bolera van los americanos.

—¿Qué americanos? ¿Los de la película esa que vimos en el cineclub el otro día, los de míster Marshall? —preguntó Hortensia.

—Parecéis un poco bobas. A la bolera van los americanos de la base americana. Los soldados.

—Ah, yo no quiero ver un soldado más en toda mi vida —dijo Marilines.

—Estos van sin uniforme —explicó Neus—. A los cadetes de la Academia les obligan a salir con el traje, pero a estos, no. Van vestidos con vaqueros Levis, con camisas de cuadros abiertas hasta el tercer botón. Y son todos guapísimos. Algunos son rubios como la cerveza. Otros negros como el betún.

—Como el pobre Luther King —dijo Hortensia—. A lo mejor están de luto nacional y no salen.

—Ya ha pasado más de una semana. El sábado pasado no estaban, desde luego, pero hoy sí que estarán.

—¿Y vosotras os ponéis a hablar con ellos y ya está? —preguntó Roberta—. A mí me daría vergüenza.

—No hablan ni media palabra de español, así que nos aprovechamos y practicamos inglés. Y como son muy amables y tienen pasta, nos invitan a las cocacolas y a las patatas fritas.

—¿Y no quieren nada más de vosotras? —volvió a preguntar Roberta.

—De ti y de mí no van a querer nada, no te preocupes. —Hortensia miró condescendiente a Roberta.

—No. Les gustan más mayores. Nosotras nos tenemos que ir a las siete para llegar al autobús de las ocho. Es después de esa hora cuando van las chicas con las que a lo mejor se besan o algo más. Pero con nosotras nunca. Una pena, porque son bien guapos todos. Pero no somos su tipo…

—A lo mejor Marilines sí que es su tipo. Como también es rubia y guapa —apuntó Hortensia.

—Os he dicho que no quiero ver un militar ni en fotografía. Yo me quedaré en un rincón.

—Y yo te haré compañía —le dijo Roberta, mientras la agarraba de un brazo justo antes de bajar los seis escalones que separaban la acera de la bolera.

Pero ni Roberta ni Marilines estuvieron mucho tiempo solas en el rincón. Enseguida se acercaron a ellas dos jóvenes cabos que las invitaron a unas mirindas y a cacahuetes. Ambos vestían vaqueros nuevos y chaquetas de solapas anchas, que se quitaron en cuanto se sentaron al lado de las chicas. Se preguntaron sus nombres, sus edades, de dónde eran, y cuáles eran sus aficiones.

Es decir, lo correspondiente a una semana de clases de inglés, solo que con acento de Minnesota y de Georgia. El más alto se llamaba John Lewis, tenía diecinueve años, y era de Atlanta. Descendiente de esclavos, se había enrolado en el ejército para poder ir después a la universidad a estudiar Leyes. Llevaba una cinta negra alrededor de la manga izquierda de su chaqueta en honor al pastor asesinado, cuyos pasos en la lucha por los derechos de los afroamericanos quería continuar. El otro era de Mineápolis y pertenecía a una familia medio noruega, medio judía. Se llamaba Ariel Kristiansen. Los dos estaban encantados de que los hubieran destinado a una base europea en vez de mandarlos a Vietnam. Al menos de momento.

—¿Ariel? ¿Te llamas Ariel? ¿Como Ariel? —le preguntó entre risas Marilines.

—Ya sé que es el nombre de un jabón… —se disculpó el chico.

—No, no, si no lo digo por el jabón. Lo digo por el personaje de la obra de Shakespeare. Ariel, el espíritu del aire.

—¿Has leído *La tempestad?* Es mi obra de teatro favorita —y no lo dijo por quedar bien. El muchacho era aficionado a la lectura y se había leído todos y cada uno de los libros que tenía en casa. Su padre era comerciante de alfombras y tenían dinero. Pero él quería ver mundo y lo mejor que se le había ocurrido para hacerlo era alistarse en el ejército.

—Claro que la he leído. La estamos montando. Y yo soy Ariel.

Y así fue como Marilines dejó de tener aversión por el estamento militar, una aversión que le había durado semana y media.

Hortensia y Neus se conformaron con jugar a los bolos y hablar con los dos soldados con los que formaron equipo. Neus los tenía vistos de otras ocasiones, pero por más que buscó a sus amigos no los encontró. Preguntó por ellos a sus compañeros. Cuando lo hizo, vio la sombra que veló sus ojos como la presencia de un ángel exterminador.

—Ya no están aquí —le contestó uno de ellos.

—Los han mandado a Vietnam —apostilló el otro.

—¿A la guerra? —Hortensia notó que la voz de Neus había cambiado.

—Claro, a la guerra. Hacen falta refuerzos para acabar cuanto antes —respondió el primero que había hablado—. Estamos a punto de ganar, y tenemos que hacer un gran esfuerzo.

—¿Eso quiere decir que os van a llamar también a vosotros? —preguntó Hortensia con el mejor inglés que pudo.

—Nosotros nos vamos dentro de dos semanas. Y aquellos también. —El más joven señaló a John y a Ariel—. Aunque todavía no lo saben.

Neus abrazó al chico y lo besó con los ojos cerrados. Él le pidió que los abriera y le devolvió el beso. Fue un beso largo, amargo, desesperado. Hortensia y el otro soldado no podían dejar de mirarlos. Y no lo hicieron hasta que el joven tomó a Hortensia de la mano y la estrechó. Nunca había tenido tan cerca a ningún chico. Él le pidió permiso con la mirada, ella cerró los ojos detrás de sus gafas como había visto hacer a Neus y a todas las actrices en las películas, y acercó su boca a la de él. Cuando salió esa tarde de su habitación no podía imaginar que unas horas después iba a besar por primera vez a un chico de cuya existencia ni siquiera sospechaba. Se llamaba Robert, era de un pequeño pueblo del estado de Tennessee, cerca de Nashville, y había decidido hacerse militar después de ver una película de Gary Cooper. Mientras hizo la instrucción y durante sus tres meses en la base de Nápoles y luego en Zaragoza pensó que también él estaba dentro de una pantalla de cine, y que los besos de sus amores fugaces eran un ejemplo más de que la vida estaba hecha de telas de colores, como las colchas de *patchwork* que cosía su madre para cada uno de los hermanos. Cinco semanas después de aquel beso, con el que Hortensia soñó durante meses, su pecho se tiñó del rojo de su propia sangre, que brotó desconcertada tras oír la ráfaga de una ametralladora del Vietcong. Aunque esto Hortensia nunca lo supo, porque aquel beso largo en la bolera fue lo único que compartió con él. Eso, y la afición al ajedrez, aunque eso nunca lo supieron ni el uno ni la otra.

32

Sofía había ido al teatro con dos alumnas del Colegio Naranja para ver una zarzuela que era la favorita de su padre, al que le gustaba cantar el aria del tenor, que interpretaba a un mecánico, que es lo que le habría gustado ser a él. Se había estrenado en 1934, y, a diferencia de la mayoría de las zarzuelas, el protagonista era un obrero. El padre de Sofía era agricultor, estaba pegado a la tierra como antes lo estuvieron su padre, su abuelo, y todos los hombres de su familia desde que el mundo era mundo. Pero a él lo que le gustaba era la mecánica, la chapa y todo lo que tuviera que ver con los coches, con los motores y con la velocidad, que le parecía que era todo lo contrario a lo que era su vida, anclada a la tierra sin remedio. Cuando se duchaba, cantaba aquello de «Hace tiempo que vengo al taller y no sé a lo que vengo», y su voz se derramaba por toda la casa. Aquella era la única vez que se le oía, porque de normal era un hombre bastante callado, y escondía sus palabras y sus pensamientos bajo la boina, que solo se quitaba para dormir, y que tanto le molestaba a su mujer. Cuando Sofía, sentada en la butaca de terciopelo rojo del teatro, oyó al cantante arrancarse con el aria más famosa de la zarzuela *La del manojo de rosas*, se acordó de su padre y se le escaparon un par de lagrimillas.

—Señorita, ¿le pasa algo? —le preguntó, mientras todos aplaudían al cantante, un joven que estaba sentado a su lado y al que no conocía.

—No, nada.

—Se ha emocionado usted —le dijo, mientras se sacaba un pañuelo del bolsillo y se lo tendía.

Sofía cogió el pañuelo y se secó las mejillas con él. Normalmente ese era un gesto que le daba mucho asco cuando lo veía en las películas. Siempre le parecía que los pañuelos podían estar llenos de mocos, porque se utilizaban para limpiarse la nariz, pero no era el caso. Aquel pañuelo estaba blanco, limpio, recién planchado y olía a colonia fresca.

—Es que mi padre cantaba muy bien esa canción y me he acordado de él.

—Vaya, siento su pérdida.

—¿Qué perdida?

—La de su padre.

—No, si mi padre no se ha perdido.

—¿No está muerto?

—Pues no, no lo está.

—Como ha puesto usted el verbo en pasado «cantaba», pues he pensado…

—Pues no, que mi padre está vivo. Lo que pasa es que está lejos.

En ese momento, acometieron la orquesta y la soprano su parte, y Sofía y el joven se quedaron callados hasta que volvieron los aplausos.

—Me llamo Alfonso.

—Y yo Sofía.

—Tiene nombre de princesa.

—Y usted de rey.

Cuando por fin acabó la zarzuela, Sofía se quedó hablando con el muchacho, que había estrenado una corbata nueva el Domingo de Ramos.

—¡Sofía, que vamos a perder el autobús! Si te quieres quedar hablando, allá tú. Nosotras nos vamos.

—No os preocupéis, que hay tiempo.

—Ahí te quedas.

El chico era simpático, guapo y corría el mes de abril. La luna asomaba en el cielo todavía azul, y sonreía. Aún resonaba la música en los oídos de quienes habían asistido a la representación.

—¿Dónde vive, que la esperaban sus amigas?

—En la Universidad Laboral. Lejos.

—¿No es usted de aquí?

—No. De un pueblo de Alicante.

—¿Hay mar en su pueblo?

—No. Pero me puedes tratar de tú.

—Claro, por supuesto. ¿Así que no hay mar en tu pueblo?

—No, es un pueblo del interior. Es un sitio horrible.

—No será tan horrible si tú eres de allí.

Sofía nunca había oído un cumplido dedicado a su persona, o al menos en aquel momento lo sintió así: la luna, la música, el olor del pañuelo y las palabras de Alfonso la envolvieron de una sensación de enamoramiento que no había sentido hasta entonces. Se ruborizó y le pareció que estaba dentro de una de las escenas de la zarzuela.

—Tengo coche y te puedo acercar a la Laboral si pierdes el autobús.

El corazón de Sofía dio un vuelco y se puso a palpitar muy deprisa. Nunca había subido a ningún coche que no fuera el del taxista del pueblo.

—No. Muchas gracias. Me voy corriendo al autobús.

—¿Podemos vernos el próximo domingo?

—Sí, sería estupendo.

—¿Quedamos aquí, en la puerta del teatro, el domingo a las cuatro?

—Claro.

—Contaré las horas —dijo él, y a Sofía sus palabras le parecieron una cursilada propia de película mala. Le sonrió antes de salir corriendo para alcanzar a sus amigas.

33

Antes de empezar los ensayos con el texto, Angélica les impartió unas cuantas clases de interpretación. Sus montajes en el Círculo de Santander eran vistos por un público siempre ansioso de aplaudir a sus hijas, nietas y sobrinas. No obstante, a Angélica le gustaba utilizar todos sus conocimientos teatrales, que le venían de dos fuentes diferentes. La primera era su asistencia a representaciones en la Comédie-Française, cuando iba a París. Lo hacía dos veces al año, y siempre había intentado que su visita coincidiera con alguna obra en la que actuara Josep Maria Flotats, un actor catalán afincado en Francia, que se había convertido en su gran ídolo interpretativo. Lo había visto en varias obras de Shakespeare, de Bertolt Brecht, de Pirandello, incluso de Jean Anouilh, y le había jurado amor eterno. Una vez hasta se atrevió a esperarlo en la entrada de artistas y le pidió que le firmara un programa de mano. Una hoja que se mojó bajo la lluvia parisina y que Angélica guardó siempre como uno de sus más preciados tesoros. La segunda de sus fuentes teatrales habían sido los libros que compraba al otro lado de la frontera. Textos que recogían las teorías del método de Stanislavski y que proponían estudios y actividades con grupos teatrales. Su manual de cabecera lo componían los ensayos de Lee Strasberg sobre el ruso, donde comentaba experiencias propias con estudiantes del Actor's Studio de Nueva York, donde habían aprendido los grandes, como Marlon Brando, Robert Redford y Paul Newman.

Angélica sabía que no le hacía falta saber ni poner en práctica todo aquello para sus humildes clases de teatro en el ámbito de los grupos de la Sección Femenina. Tampoco en la Universidad Laboral. Pero estaba convencida de que para que algo pequeño saliera bien, debía tener detrás algo muy grande. Cuando vio por primera vez imágenes de un iceberg, se dio cuenta de que eso era exactamente lo que mejor reflejaba su filosofía de la enseñanza en cualquier nivel y en cualquier momento: el maestro ha de saber mucho, muchísimo más de lo que va a enseñar. Solo así podrá explicar algo de manera que parezca sencillo. Recordaba a uno de sus profesores en la escuela de Magisterio, que siempre les decía: «Si quieren ustedes sacar un cinco, estudien para un diez». Y así lo había hecho ella siempre.

Por eso se sabía al dedillo todas las clases de Strasberg, había profundizado en las teorías de Stanislavski y cada vez que veía una función o una película sabía si los actores habían seguido el famoso método del ruso o si eran más de Bertolt Brecht y del teatro como arma política social.

En la primera sesión, las mandó colocar en círculo para que se fueran presentando.

—Pero si ya nos conocemos —protestó Asun.

—Eso es lo que tú te crees —le contestó Angélica, mientras miraba su reloj—. Lo que quiero es que contéis algo que experimentasteis de pequeñas y que os resulte agradable de recordar y que además queráis compartir con las demás. Y en no más de un minuto. Puedes empezar tú misma.

Asun pensó que no había nada de su infancia que le resultara amable. Los recuerdos que habían pervivido en su memoria eran todos tan sórdidos que no se creía capaz de extraer nada digno de ser contado delante de todas las chicas y de Angélica. Así que optó por inventarse un recuerdo. Asun solía inventarse historias agradables para jugar con ellas, y alejarse de lo que pasaba a su alrededor.

—Un día de primavera, el campo estaba rojo. Las amapolas lo cubrían todo. Me senté en medio y me puse a contemplar a mi alrededor. Todo era encarnado salvo el cielo allá arriba, de un azul muy claro, porque era mediodía y el sol estaba en su zénit. Por un momento, el pueblo entero había dejado de oler a cerdos y tenía el aroma seco y ácido de las amapolas —mintió. Su pueblo nunca había dejado de oler a cerdos—. Me sentí como una flor más, ni más grande ni más pequeña. Ni más importante ni menos que uno de los pétalos fugaces de una amapola. El mundo y yo.

—¿Y tú Hortensia? ¿Qué nos cuentas?

—Una mañana de domingo bajamos a la playa. El mar estaba tan quieto que parecía un espejo. Metí los pies y vi un montón de peces pequeños que se acercaban. Me quedé quieta observándolos. Empezaron a hacerme cosquillas. Fue una sensación diferente a todas las que había tenido hasta entonces. Diferente y muy agradable —y al decirlo, Hortensia recordaba también el beso del chico americano en la bolera, pero de eso no pensaba hablar.

—¿Y tú, Marilines?

—Una vez perdí una vaca. Anduve un buen rato por el monte y no la encontraba. Estaba desesperada hasta que por fin la vi junto a las vías del ferrocarril. Estaba comiendo la hierba que crecía al lado del cambio de agujas. Oí que se acercaba el tren, así que bajé corriendo y la llamé. Tuve el tiempo justo de convencerla para que saliera de donde estaba. Se salvó de casualidad. Respiré aliviada y me senté en el ribazo a ver pasar el convoy. Desde una ventanilla se me quedó mirando un muchacho rubio muy guapo, que me sonrió.

—¿Era Carmelo? —le pregunta Sofía.

—A la mierda con Carmelo —contestó ella.

—No se puede interrumpir —dijo Angélica contrariada—. ¿Y qué nos cuentas tú, Sofía?

—Mi madre tiene una hermana que vive en Francia. Viene casi todos los veranos al pueblo y trae regalos para todos. Cuando hice la primera comunión no pudo venir, pero ese verano me trajo un juguete precioso: un perrito que daba vueltas y vueltas si se le daba cuerda. Nunca había visto nada igual. Me pasaba todas las tardes dándole cuerda y contemplando sus movimientos. Me parecía mágico. Aún lo tengo en casa.

—¿Manolita?

—Un día salvé a unas crías de gorrión que estaban a punto de ser devoradas por una serpiente. Cogí una piedra y le aplasté la cabeza. Me quedé muy contenta y satisfecha de mí misma.

—Joder, si hubieras estado con Adán y Eva de la que nos habríamos librado —exclamó Sofía ante la mirada admonitoria de la tutora—. Ya, perdón, me callo. Lo siento. No lo he podido evitar.

Pero todas se echaron a reír ante la ocurrencia de que, si Manolita hubiera aplastado el cráneo de la serpiente del Génesis, la humanidad seguiría en el Edén.

34

Las demás chicas del grupo contaron sus experiencias. Algunas provocaron risas y otras miradas nostálgicas hacia tiempos que no volverían jamás. Neus recordó los chistes verdes que le contaba su abuelo y de cuya gracia solo se reía él. Elena, que era compañera de Neus, habló del día en el que su padre le regaló un canario que cantaba día y noche, y no dejaba dormir a nadie, hasta que una mañana apareció muerto. Todos sospecharon de todos, pero nadie dijo nada. Marta, también del mismo colegio que las anteriores, recordó la primera vez que vio el mar en la costa de Cádiz. Y su amiga Dolores recordó el día en el que llegó el teléfono a su pueblo. Angélica escuchaba y pensaba en la manera tan diferente que tiene de funcionar la memoria en cada persona.

—Falta Roberta.

—La primera vez que subí sola al ibón, o sea, al lago glaciar de mi montaña. Normalmente iba con mi padre para llevar a las vacas en verano. Pero ese día estábamos mi madre y yo en casa y había que subirle un recado urgente a mi padre. Mi madre estaba embarazada de mi hermano pequeño y no podía ir. Así que fui sola.

Los establos están más allá del ibón y hay que pasar por la orilla para llegar. Era mediodía y los rayos del sol se reflejaban en el agua. Me senté un momento antes de continuar la marcha y bebí. El agua estaba fría. Me mojé la cara y el pelo y sentí que toda la belleza del mundo entraba en mi piel. Lo he vuelto a hacer muchas veces, pero no he sentido nunca esa sensación de la primera vez. Pero ¿por qué tenemos que contar estas cosas, Angélica?

A la tutora le había extrañado que todas contaran cosas tan personales sin preguntar la razón. Aunque sabía que verbalizar los recuerdos casi siempre hacía bien, su intención no era sustituir la tarea de los psicólogos que trabajaban en el centro educativo.

—Es parte del método de Stanislavski.

—¿De quién? —preguntó Roberta.

—Del gran actor y dramaturgo ruso Konstantín Stanislavski —repitió Angélica.

—¿Ruso? —preguntó Manolita al mismo tiempo que hacía la señal de la cruz—. ¡Dios nos coja confesadas!

—Vamos, Manolita, que los rusos no tienen cuernos ni rabo, como dicen algunos —se atrevió a decir Angélica.

—Son ateos y comunistas. El diablo campa a sus anchas en Rusia —replicó la chica.

—Bueno —continuó la tutora—, creo que Stanislavski no debía de ser tan diabólico, ya que su método de interpretación lo han adoptado los americanos. Para las grandes escuelas de actores él es el gran maestro. Habéis visto películas de Marlon Brando o de Paul Newman, y de Robert Redford, ¿no?

—¡Qué guapo Paul Newman! Esos ojitos azules, madre mía —exclamó Sofía.

—A mí me gusta más Marlon Brando. Sobre todo, cuando hizo de Napoleón —intervino Hortensia.

—Napoleón era un botarate —afirmó Asun—. Un tirano.

—¡Y además, francés! De Francia solo viene el pecado.

—Bueno, Manolita, no hay que generalizar. De Francia vienen vientos favorables.

—Revoluciones. Ahora, líos en las calles. Y luego llegarán las guillotinas.

—Eso fue hace doscientos años, Manolita.

—Tiempo al tiempo.

—Bueno, estábamos hablando de Stanislavski, y Roberta había preguntado que por qué estábamos haciendo este ejercicio de memoria compartida —intentó Angélica reconducir la conversación—. Su idea era que, para poder interpretar bien, había que buscar en las propias emociones. Ahondar en ellas, en los recuerdos, y a partir de ellos crear la emoción que sale en la expresión, en la voz, en el gesto. Por eso os he pedido que buscarais un recuerdo agradable, porque todas tendréis que evocar algo amable en la representación.

—¿También yo, que se supone que soy «el malo»? —preguntó Asun.

—Por supuesto. Nadie es totalmente malo o totalmente bueno. Las personas tenemos matices y los personajes también —dijo Angélica. Asun se quedó callada, pensando que hay personas que no tienen nada bueno—. Especialmente los de Shakespeare. No son arquetípicos. El villano no solo es villano. Puede ser malvado con casi todo el mundo, pero amar a su mujer, a sus hijos. Incluso a su perro.

—Como Hitler —apuntó Neus—. Que era un cabrón, pero le gustaban mucho los niños, sobre todo si eran rubios y guapos, y los perros.

—Aquí no se dicen palabrotas, Neus —le reprendió la tutora.

—Solo digo la verdad.

—La verdad se puede decir con otras palabras.

Neus se calló, que era lo que le había dicho su padre que tenía que hacer cuando estaba entre extraños y se hablaba de política. O de algo que pudiera considerarse comprometido. A su abuelo lo habían fusilado cuando acabó la guerra por haber sido concejal de Esquerra en su pueblo. Desde entonces, la familia había optado por el silencio, y así lo habían cumplido todos los miembros. Todos, menos Neus, que había salido al abuelo, era tan reivindicativa como él y relacionaba con la política casi todo lo que la rodeaba.

—Bueno, chicas, ¿habéis entendido la idea? —Todas asintieron a la pregunta de Angélica—. Haremos ejercicios de este tipo estos días, antes de empezar con los ensayos. Seguid memorizando los textos, pero tened en cuenta lo que hemos hablado hoy. Buscad en vuestros recuerdos las diferentes emociones que os sugieran las palabras. Os ayudarán a memorizar las réplicas y, desde luego, a hacer que el público las viva y las interiorice tanto como vosotras. Eso es el teatro, queridas. Una comunión entre actor y espectador a través de las palabras de un autor.

—No digas la palabra «comunión» tan alegremente, Angélica.

—Manolita, no me digas lo que tengo que decir y lo que no —le contestó la tutora con una sonrisa y con una palmada en el hombro.

Era su manera de controlarse y de no decirle lo que realmente pensaba de ella.

35

Porque a Angélica no le gustaba Manolita. Y no porque fuera tan creyente, que contra eso no tenía nada. Ella misma iba a misa todos los domingos y rezaba cada mañana y cada noche como le había enseñado su madre. Lo que le molestaba de Manolita era su intransigencia, su creencia en que tenía la verdad en la mano y en que todos los demás estaban equivocados y eran dignos de desprecio y de lástima a partes iguales. Y es que Angélica, por más que lo intentaba, no conseguía distinguir en los ojos de Manolita la diferencia entre una cosa y otra. Le parecía que la mirada condescendiente que tenía la joven hacia todas las demás, incluida ella, era la de una reina que mira por encima del hombro a sus súbditos, de los que se siente a años luz. Los compadece al mismo tiempo que los aborrece y le repugnan. Angélica pensaba que, como la reina roja de *Alicia en el país de las maravillas*, Manolita tampoco dudaría en mandar cortar cabezas.

Angélica recordaba algunas de aquellas cosas que oía en su casa de niña. Palabras pronunciadas por su madre y por sus tías en voz baja, para que ni ella ni nadie pudieran oírlas. Palabras que hablaban de malquereres, de denuncias, de odios vecinales, de detenciones en la madrugada, de descargas de fusiles en las tapias del cementerio, junto a la playa grande. Del tío Ramón, tan bonachón siempre con un puro en la boca y un vaso de tinto en la mano, que había delatado a sus tres hermanos porque no comulgaban con sus opiniones, y todos habían acabado de espaldas al paredón.

—Lo que pasó es que así se quedó con el barco para él solito —decía la tía.

—Es que era de mala sangre, eso es lo que pasó. ¿O es que habrías hecho tú lo mismo para quedarte con la casa entera de nuestra madre?

—No, claro que no. Yo nunca habría hecho una cosa así. Y tú tampoco, ¿verdad?

—Por supuesto que no.

Mientras lavaba en el baño de las tutoras uno de sus paños menstruales manchado de sangre, pensaba en lo desgraciadas que eran las mujeres al recibir la sangrienta visita puntualmente cada mes. Angélica sufría fuertes dolores menstruales y la vista de su sangre deslizándose por el lavabo y corriendo por el desagüe le resultaba patética. Cada vez que enjuagaba aquellas pequeñas toallas de felpa pensaba en la sangre derramada por tantos y tantos inocentes: los hermanos del tío Ramón, su propio padre, los degollados por las guillotinas francesas, por las hachas inglesas... A veces le entraban mareos y aborrecía ser mujer y tener que aceptar ese recordatorio de inmundicia humana cada veintiocho días, en ese ciclo coincidente con el de la luna. Mujeres y luna unidas para siempre por obra y gracia de la naturaleza o de Dios.

No. A Angélica no le gustaba Manolita. No la soportaba. No era verdad que los profesores y los tutores apreciaban igual a todos sus pupilos. Ella intentaba disimular sus preferencias y sus manías. Lo hacía bien. Siempre lo había hecho bien. También en la escuela. Y en la fábrica.

No en vano se sabía de memoria todos los textos teóricos de Stanislavski. Y los de Strasberg. En el fondo, realidad y ficción eran las dos caras de la misma moneda.

36

Sofía había estado pensando en Alfonso desde el domingo. Y el sentimiento que le habían suscitado sus palabras y su deseo de volverlo a ver le habían servido para preparar su personaje de Miranda, la enamorada hija de Próspero. Su sorpresa al sentir algo nuevo, la inminencia de una cita, el recuerdo y la nostalgia de su padre, de su madre y de su vida en el pueblo... Todo ello le servía para crear a Miranda, como les había dicho Angélica, al explicarles el famoso método teatral de Stanislavski.

Bien era verdad que al pueblo no lo echaba en absoluto de menos, pero tenía buenos recuerdos de momentos agradables: algún baile en las fiestas, las procesiones en honor al santo patrón, y poco más. Detestaba en general todo lo que era el pueblo, a excepción de su casa y de su familia. El olor a cerdos que sobrevolaba el pueblo y que se alojaba en todas las paredes y en la piel de todos sus habitantes. Las viejas que sacaban las sillas por la noche para despellejar al resto de los vecinos mientras tomaban la fresca. La familia de Sofía no se libraba de la maledicencia de aquellas brujas por las que

Sofía no tenía ningún cariño, especialmente desde que ella se había ido a estudiar fuera. Para aquellas mujeres, que no habían salido del municipio más que para ir al hospital a operarse de alguna cosa, que una chica abandonara los confines del territorio, no para ir a servir a los ricos, sino para intentar conseguir un trabajo no servil, era cosa de perdidas y objeto de chanzas y de críticas. Tenían ganas de verla regresar con la cabeza gacha y con un hijo bastardo en los brazos para afianzarse en la creencia de que sus vidas, anodinas, aburridas y malolientes, eran lo único a lo que podía aspirar una mujer decente.

Sofía sabía todo esto porque su madre le contaba en sus cartas que estaban en boca de todos por la decisión de mandarla a estudiar fuera. Y su madre se lo contaba siempre cantarina y risueña porque estaba encantada de, por fin, dar que hablar en el pueblo. La muchacha echaba de menos las conversaciones con su madre, y esa nostalgia también la utilizó para su personaje: la progenitora de Miranda había muerto y su sentimiento de orfandad podía, en parte, parecerse a la carga de soledad que a veces llevaba en el internado, y que no se atrevía a compartir con las demás, no fuera a ser que se creyeran que era una niña mimada, que extrañaba a su mamá.

Por fin llegó el domingo y cogió el autobús a la ciudad.

—¿Pues dónde vas tan arreglada? —le preguntó Asun.

—Voy al cine —mintió.

—¿Y qué película vas a ver?

—Una de Raphael —volvió a mentir. Le sonaba que se acababa de estrenar una película del cantante, pero no recordaba más.

—¿Y para ir al cine te has puesto rímel y todo? Si no te va a ver nadie —intervino Marilines.

—Es que a lo mejor resulta que Sofía se ha enamorado —dijo Hortensia, que había observado que Sofía se miraba al espejo más de lo habitual.

—Que no me he enamorado. Qué tontería.

—Bueno, en la obra interpretas a una chica enamorada. Tienes que ensayar.

—Deja de decir tonterías, Hortensia.

—Hala, vete, que vas a llegar tarde.

Por supuesto, no había contado nada a nadie acerca de su encuentro con Alfonso. Ni siquiera a Amparo y a Conchi, que eran las dos compañeras con las que había ido al teatro. Para todas se había inventado la mentira de la película que, por otra parte, nadie se había creído.

Cuando se acercaba a la puerta del teatro empezó a ponerse nerviosa. Pensó que tal vez Alfonso se había olvidado de la cita, que quizá no tenía ningún interés, y que quedar con ella había sido un acto de inercia y de impulso, más que otra cosa. Estuvo a punto de darse la vuelta y de encaminarse de verdad al cine, pero entonces se acordó de las viejas que tomaban la fresca en la esquina de la iglesia, y de las boinas de todos los hombres de su pueblo, respiró hondo, estiró la espalda, se atusó el pelo y dobló la esquina de la calle de San Gil.

Y allí estaba él. Apoyado en un pilar enmarcado por dos puertas de cristal, con un cigarrillo en la boca, y el mismo traje del domingo anterior.

—Pensaba que a lo mejor no vendrías —dijo Alfonso, mientras le tomaba la mano para estrechársela.

—Cómo no iba a acudir.

—Bueno, a veces las chicas no acuden a las citas. Se olvidan enseguida.

—Me parece que suele ser al revés: que son los chicos los que no se acuerdan de las cosas.

—El caso es que ambos hemos venido y aquí estamos. Estás muy guapa.

—Tú también estás muy elegante —replicó Sofía, que notó una descarga de rubor que le llenó toda la cara.

—¿Quieres que vayamos al cine?

—Claro. ¿Y qué película quieres que veamos?

—Una de Raphael, si te parece bien. Yo la vi entre semana, me gustó tanto que pensé que a ti también te podría gustar.

—Pero si ya la has visto...

—No importa, la puedo ver otra vez. Me gustan mucho las canciones de Raphael.

—A mí también —reconoció Sofía.

—Qué bien. Tenemos muchas cosas en común.

Esa frase era el comienzo de muchas historias de amor, pensó Sofía, que se fue al cine del brazo de Alfonso, encantada de la vida.

Se sentaron en medio del bullicio de la sala, atestada de niñas con sus madres, de grupos de jovencitas, y de algún hombre maduro y solitario que iba a lo que iba, es decir, a sentarse al lado de alguna muchacha a la que meterle mano en la oscuridad de la sala. A Sofía ya le había pasado en un par de ocasiones. Ambas veces se había encontrado en su muslo con la mano del desconocido que tenía a su lado. La primera vez se levantó, se cambió de sitio y se lo contó al acomodador, que no le hizo ni caso. Visto lo visto, siempre que volvía al cine, lo hacía armada con un alfiler grande, de cabeza de perla, de esos que se ponen para sujetar un mantón o un chal. Y una tarde, en el momento en el que en la pantalla Rock Hudson besaba a Elisabeth Taylor en un rancho, el tipo que estaba a su lado le puso sus dedazos en el muslo. Sofía, con gran aplomo, aguantó los segundos que le costó sacar el agujón del bolso y clavárselo al tipejo en la mano, que ahogó un grito, seguido de una sarta de tacos que alertaron al acomodador.

—¿Qué ha pasado aquí?

—No, nada —acertó a decir el hombre—. Ya me iba.

—Pues lárguese y no vuelva a poner los pies en mi cine.

Sofía se había quedado en su sitio, y el hombre se había marchado con la mano dolorida y un dedo inmovilizado porque el alfiler había acertado de lleno en el tendón central.

Nada de eso pasó aquella primera tarde cinematográfica de Sofía y Alfonso. Alfonso volvió a darle su pañuelo a Sofía, cuando esta empezó a llorar al final de la película. Se moría de ganas de tomarla de la mano, y de aprovechar la discreción de la sala oscura para besarla, pero en su casa le habían enseñado que tenía que ser prudente y que había que ir despacio en todo en esta vida, especialmente en todo lo concerniente a las novias.

Cuando se despidieron en la parada del autobús, se atrevió a besarla en la mejilla y a darle su tarjeta, donde constaba su apellido, su dirección y su profesión.

—¿Impresor?

—Sí. Por eso me he podido hacer las tarjetas. Las he hecho yo mismo.

—Qué bonitas.

Sofía nunca había visto una tarjeta de visita ni nada que se le pareciera. La guardó en su bolso y le dio dos sonoros besos al chico antes de subir al autobús.

—¿El próximo domingo, misma hora y mismo sitio?

Ella asintió con la cabeza cuando el conductor ya estaba a punto de cerrar la puerta. Se sentó al final y se arrodilló en el asiento para mirar a Alfonso, que levantaba la mano para saludarla desde la acera. No le había dicho que estaba loco por ella desde que la vio subir las escaleras mecánicas de los grandes almacenes donde se había comprado la corbata. Una corbata que desde aquel momento se había convertido en su preferida.

37

Poco antes de empezar los ensayos, le salió a Roberta un flemón. Una infección causada por una muela que el médico del internado no podía controlar.

—Tendrás que ir al dentista —le había dicho el doctor Garcés.

—Nunca he ido al dentista. Me da mucho miedo.

—Pues te tendrás que aguantar. Yo te voy a recetar unos antibióticos, pero dentro de tres días, cuando la inflamación haya remitido, tendrás que ir para que te quiten esa muela o te hagan un empaste.

—Yo no quiero que me quiten ninguna muela —dijo Roberta entre lágrimas. Recordaba los dolores que le habían provocado todas ellas cuando salían y no entendía que algo que había costado tanto le fuera a ser arrancado.

—Las extracciones son gratis, pero si quieres un empaste tendrás que pagarlo. Ningún dentista hace gratis ese servicio.

—Pues lo pagaré.

Ese mismo día llamó a su casa para que le mandaran un giro de dinero para poder pagar el empaste que le haría un dentista de la ciudad. De hecho, ese día hizo tres llamadas telefónicas: primero a la consulta que le había recomendado el doctor Garcés para concertar una cita; luego a su casa para pedir el dinero; y luego a la base americana para quedar con el joven John Lewis si tenía la tarde libre. La tarde de la bolera él le había dado una tarjeta con el número directo de la sección de la base en la que lo podría encontrar.

Quiso el destino que ese día el cabo Lewis estuviera libre y que el horario de autobuses desde la base hasta la ciudad coincidiera con la posibilidad de reencontrarse con aquella chica que sabía poco inglés, no era muy guapa, pero hablaba de sus montañas con una pasión que le recordaba a la que Martín Luther King ponía cuando luchaba con las palabras por los derechos de las mujeres y de los hombres como él.

Roberta no estaba en su mejor momento cuando vio al joven americano que se acercaba a donde habían quedado, junto al quiosco de música de una de sus plazas favoritas de la ciudad. Una plaza a la que se iba de día, porque de noche pasaban cosas que atentaban contra las buenas costumbres. Así se lo había contado Angélica a las chicas, sin entrar en más detalles. A Roberta le acababan de quitar la muela, porque el dinero de su familia no había llegado, y tenía la cara más hinchada que antes. Con eso no había contado. Pensaba que con la muela se iría también la inflamación, pero se equivocó. Estuvo a punto de no acudir a su cita, pero en su casa siempre le habían dicho que eso no se debía hacer, así que, muerta de vergüenza, esperó sentada en un banco de la plaza, frente al museo, un edificio construido para la exposición francoespañola de 1908, y que a Roberta le gustaba especialmente.

El chico se sentó a su lado y le dio un beso en la mejilla. Como la tenía dormida por la anestesia no se enteró de si el beso de John había sido suave o intenso. Le contó lo de la muela en su mal inglés y el joven le sonrió y le dijo que no se preocupara, que se le pasaría enseguida.

Le tomó la mano y pasearon así por las pequeñas plazuelas de la ciudad hasta que se hizo la hora de regresar. El último autobús a la Laboral salía de la ciudad a las ocho y Roberta no lo podía perder. El muchacho le contó que dos días después lo trasladaban y que no sabía cuándo volverían a verse. Le prometió que le escribiría. Ella le preguntó que si lo mandaban a la guerra, a aquel país lejano donde los americanos llevaban varios años matando y muriendo, y él le contestó que sí, que se iba a Vietnam, pero que no se preocupara, que la guerra acabaría pronto, y que cuando terminara vendría a buscarla para irse los dos juntos a América. Roberta sonrió. Ella no tenía ninguna intención de dejar sus montañas por los campos de algodón, pero no le dijo nada. Pensó que probablemente John se olvidaría de ella en cuanto se subiera al autobús o, como mucho, en cuanto se subiera al avión que lo iba a trasladar al otro lado del mundo. El chico le pidió que se hicieran unas fotos en un fotomatón, y así lo hicieron. Una tira de cuatro fotos cuadradas en blanco y negro resumían lo que había sido su corta relación.

Se despidieron en medio de besos y de lágrimas. La policía no se atrevió a denunciarlos contra las buenas costumbres porque cuando se trataba de americanos de la base aérea intentaban mirar para otro lado. Y en el caso de John era evidente que lo era.

Roberta se pasó llorando todo el camino y cuando llegó a su habitación se metió en la cama sin decir nada.

—¿Tanto daño te han hecho que no puedes ni hablar? —le preguntó Sofía.

Se tapó la cabeza con la sábana. No tenía ganas de contarles nada, ni de la muela ni de John. No les había dicho que se iba a ver con él para que no la llamaran tonta o fresca.

Siguió pensando en John y esperó sin confianza cada día sus cartas. No quería ilusionarse con él porque no quería sentirse defraudada, desilusionada y despreciada cuando él le contestara con sus silencios que en realidad no le importaba nada de ella.

Se equivocó Roberta. Le llegó una misiva poco antes del estreno de *La tempestad*, en la que le contaba que pensaba en ella y que el recuerdo de sus besos le ayudaba a vivir en aquella jungla en la que se oían disparos de metralla, a veces lejanos y a veces cercanos. Que llevaba siempre las dos fotos que se habían hecho en el fotomatón en el bolsillo de su camisa, junto a su corazón, y que esperaba que ella hiciera lo mismo con las otras dos. A Roberta le pareció que aquellas palabras eran propias de un mal libro romántico. Ella guardaba las imágenes en un estuche que tenía siempre en el armario. No se las había enseñado a nadie. No quería que las demás se rieran de ella y sus amores frustrados, como habían hecho con Marilines.

Una semana después llegó la segunda carta, solo que esta no la firmaba John, sino un sargento de la base aérea.

Estaba en inglés, y en ella le decía que el cabo John Lewis había muerto en acto de servicio en Vietnam. También le decía que le había escrito porque su nombre y su dirección aparecían en la lista que el muchacho había dejado para avisar en caso de fallecimiento. Y que al lado de su nombre ponía «*girlfriend*», o sea, «novia». Este hecho la había conmovido: en ningún momento ella se había tomado los besos, las palabras y las lágrimas de John como algo más que una primera emoción. Una emoción que había utilizado para su interpretación del enamorado Fernando en la obra de teatro, pero poco más. Mientras leía la carta, su cuerpo empezó a temblar. Sintió un frío que no había sentido jamás ni cuando esquiaba por encima de los lagos helados de su montaña. Pensó que aquel era el frío con el que el ángel exterminador del Apocalipsis acababa con las vidas y las ilusiones de los mortales.

—¿Y esa carta? —le preguntó Hortensia cuando entró en la habitación aquella tarde y se encontró con Roberta sentada encima de la cama con el papel en la mano.

—Nada importante —le contestó.

—Parece un papel oficial, ¿no? —Hortensia se sentó al lado de su compañera, que se levantó inmediatamente.

—Nada importante —repitió—. ¿Vienes de entrenar?

—Sí.

—Se nota.

—¿Por qué?

—Hueles fatal. Te podías haber duchado en los vestuarios.

—No me gusta ducharme con todas las demás.

—A mí tampoco.

Roberta dobló la carta, la metió en el sobre y la guardó en su armario, que cerró con llave. Dejó a Hortensia y recorrió el pasillo corriendo para llegar cuando antes al cuarto de baño y encerrarse en él a llorar por el cabo John Lewis, de Atlanta, que se había enrolado en el ejército para poder hacerse abogado después, y al que una granada del Vietcong había hecho pedazos.

38

Angélica había empezado a verse con don Antonio fuera del recinto escolar. Cuando coincidieron en la primera reunión general antes de que comenzara el curso, ninguno de los dos se había fijado en el otro. Angélica no tenía ninguna gana de volver a enamorarse de nadie. Había tenido un par de pretendientes después de terminar con Andrés, pero ninguno de los dos le habían parecido interesantes: un tal Pedro, maestro como ella en la sección de niños del mismo colegio en el que había trabajado, pobre de solemnidad, hijo de viuda de guerra, y que vivía con su madre en una buhardilla de la zona alta de Santander, en dos habitaciones con derecho a cocina y con un baño compartido por cuatro familias. El primer día que el joven la llevó a conocer a su madre, Angélica se dijo que aquella era la primera y la última vez que ponía los pies en aquel lugar, que olía a orinales que se llenaban durante la noche y que impregnaban las dos habitaciones con su hedor. Un hedor que no se iba en todo el día porque la ventana que hacía de tragaluz en el techo no se podía abrir. Angélica se disculpó con el maestro diciéndole que era muy joven para pensar en comprometerse, y que se fuera olvidando de ella.

El tal Pedro se lo tomó a mal, dejó de hablarle y le mandó anónimos amenazadores. Angélica lo denunció al director de la escuela, que llamó al orden al joven y le dijo que si volvía a tener una queja de él lo pondría de patitas en la calle. La amenaza surtió efecto y Angélica no volvió a recibir de Pedro nada más, ni papeles, ni palabras, ni miradas.

El otro pretendiente de aquellos días en Santander era el hijo de la dueña de la mercería donde Angélica compraba telas, hilos y lanas para llevarle a su madre cuando la visitaba una vez al mes. El chico trabajaba de cajero en la tienda mientras iba aprendiendo los secretos del oficio. Vestía siempre una bata tan gris como el cielo de muchas mañanas en la ciudad, y como sus pensamientos. La miraba por encima de sus gafas cada vez que la maestra entraba en el local. Al muchacho le daba un vuelco al corazón cuando la veía, con su falda estrecha, su camisa recién planchada y las uñas pintadas de rojo. Un rojo que compraba también en la misma tienda. Cuando le tendía los billetes y él los cogía, deseaba que sus dedos rozasen los suyos, aunque solo fuera una décima de segundo. Pero este pormenor apenas ocurría. Una tarde, cuando la vio hablar con su madre sobre la calidad de unos sujetadores nuevos que hacían furor entre las mujeres jóvenes, se armó de valor y se dijo que había llegado el momento de declararle su amor.

Cuando ella se pasó por la caja y le tendió los billetes, él retuvo su mano entre las suyas como había leído que hacían los enamorados en las novelas malas que leía, y le dijo:

—Señorita, hace tiempo que viene usted a la tienda.

—Sí.

—Yo quería decirle algo.

—Usted dirá.

—Yo la amo, señorita.

—¿Cómo dice usted?

—Que la amo. Sueño con usted cada día. Bueno, cada noche. Y durante el día estoy pensando en usted a todas horas.

—Mire, yo..., no sé qué decir. Tengo mucha prisa.

—Permítame que la corteje —se atrevió a decirle sin soltarle la mano, a pesar de que ella intentaba desasirse de los dedos de él.

—Suélteme la mano ahora mismo.

—¿Qué pasa, Eupidio? —preguntó la madre, que vio que algo raro sucedía en la caja.

—No pasa nada, madre.

—¿Se llama usted Eupidio? —Angélica no pudo evitar la sonrisa que se le asomó a pesar de lo incómodo de la situación.

—¿Me deja que la corteje, señorita?

—No. Y ahora haga el favor de soltarme, Eupidio.

—Moriré de pena si no me ama.

—Por mí puede usted morirse de lo que le dé la gana.

Eupidio soltó la mano de Angélica en cuanto vio que su madre se acercaba.

—¿Ha pasado algo?

—No, no, no se preocupe, ya me iba.

—Hasta otro día, señorita.

Pero no hubo otro día. Angélica se buscó otra mercería y se juró que no volvería a poner los pies en aquel lugar. Se lavó las manos con lejía en cuanto llegó a su casa. Le daba asco solo pensar que sus dedos habían sido tocados por los de aquel hombre que soñaba con ella sin que ella le hubiera dado permiso.

Con don Antonio las cosas eran muy diferentes. Habían empezado a coincidir en la cafetería a la hora del recreo. Entre toda la marabunta de niñas que revoloteaban por el recinto, y los profesores y tutoras que intentaban descansar durante aquella media hora matinal, solo ellos dos pedían un té con unas gotas de leche. Esa casualidad los había acercado sin que ninguno tuviera intención de conocer al otro.

Don Antonio salía entonces con una chica a la que conocía de toda la vida. Nunca se habían planteado, ni él ni ella, si se querían tanto como para pasar juntos el resto de su existencia, porque eso era lo que hacían y no hacían las parejas como ellos. Nunca se lo había planteado don Antonio hasta aquel su primer viaje a Francia, cuando conoció que había un mundo diferente más allá de los Pirineos, cuando entabló conversaciones con españoles en el exilio y con mujeres que en nada se parecían a su Amparito, que no había cruzado jamás la frontera y que había sido educada para que su futuro marido estuviera orgulloso de su manera de andar, de poner la mesa y de vestirse, tal y como se estudiaba en los libros de texto que tenían que aprender las niñas.

Angélica se parecía más a aquellas mujeres del otro lado de los Pirineos, y eso fue lo primero que le atrajo de ella a don Antonio. Eso y que sus ojos le decían que había visto el mundo y que tal vez ella también fuera uno de aquellos submarinos secretos que había puesto su partido en las universidades laborales desde la clandestinidad.

—Así que usted es de los míos —le había dicho una mañana Angélica a Antonio, que se quedó muy turbado ante las palabras de la joven.

Cualquier palabra podía malinterpretarse en aquellos tiempos en los que no solo los partidos clandestinos tenían «submarinos», sino también el régimen, a través de miembros de la policía política, que infiltraba a sus agentes como profesores y como estudiantes en la universidad. Por eso a don Antonio se le derramó parte del té caliente de la taza, que fue a parar a sus pantalones.

—Vaya, siento que mis palabras le hayan producido ese efecto —sonrió Angélica, ajena a los pensamientos del joven, que pensaba que todo el mundo sospechaba de él.

—No, no, no pasa nada. Es que me han debido de empujar —mintió—. Estas chicas están llenas de energía y tienen prisa por coger sus bocadillos. Creo que no nos hemos presentado. Soy Antonio, profesor de Ciencias Naturales.

—Angélica, tutora en el Colegio Verde.

—Encantado —y le tendió la mano, que ella estrechó levemente, como siempre hacía.

—Igualmente.

—Entonces, ¿es usted la responsable del teatro? Las chicas no hablan de otra cosa.

—Tal vez podemos tutearnos, ¿no te parece?

—Sí, claro. Estupendo.

—Sí, yo soy la del teatro.

—Me encantaría poder participar. Formaba parte del grupo teatral de la universidad. Recuerdo aquellos momentos entre los mejores de mi vida.

—¿Y qué representaban?

—Hicimos cosas muy variadas, un par de comedias de Lope de Vega, el *Tenorio* siempre a primeros de noviembre, y hasta nos atrevimos a representar *Esperando a Godot.*

—¿*Esperando a Godot*? No me lo puedo creer. ¿Les dejaron representar una obra tan moderna y avanzada como esa?

De nuevo, don Antonio no sabía cómo interpretar las palabras de Angélica: ¿estaría con ellas probando su fidelidad al régimen o todo lo contrario? *Esperando a Godot* era una obra de 1940, escrita por el irlandés Samuel Beckett, cumbre de lo que se vino a llamar «teatro del absurdo», que ponía en solfa a la sociedad, a la religión, a la moral y a la vida entera. No era lo que se podría llamar una obra afín al régimen imperante.

—Pues sí. Creo que nadie la entendió y por eso no tuvimos problemas con la censura.

—No puede decirse que sea una obra amable.

—No hay obra más pesimista en toda la historia de la literatura.

—Estoy completamente de acuerdo contigo, Antonio.

En ese momento tocó el timbre que anunciaba el final del recreo, así que tuvieron que despedirse.

—Nos veremos en otro momento —dijo Angélica.

—Mañana en la cafetería con un té.

—Y espero que no se te caiga como este. Apenas lo has probado

—Seguro que no se cae. Me ha gustado hablar contigo. Creo que tenemos bastantes cosas en común. Hasta mañana.

—Hasta mañana.

Y Angélica se quedó un rato más en la cafetería pensando que, efectivamente, y sin duda alguna, con el profesor de Ciencias Naturales tenía muchas más cosas en común que con Andrés, con Eupidio y con Pedro.

39

Todo el mundo seguía alterado por el crimen de Memphis. El asesinato de Luther King, que siempre había abogado por la igualdad, por la no violencia y por la paz, había hecho palidecer el mes de abril y los ensayos de la obra de teatro. Las balas habían acallado a las palabras. La maldad a la bondad. La sinrazón a la serenidad. La canción y el triunfo de Massiel en Eurovisión no habían conseguido despejar la melancolía que seguía tiñendo a muchas de las chicas.

El comedor sonaba en una escala diferente, más grave y menos cantarina de lo normal. Así era desde el 4 de abril. Las voces de las chicas se habían vuelto grises e incluso desde que se despertaban notaban como si les costara trabajo articular las palabras. Todo se hacía más pesado, como si la astenia primaveral se hubiera extendido por el mundo y abrir los ojos supusiera tanto esfuerzo como levantar una losa de mármol negro.

—Hasta la leche sabe diferente —dijo Manolita.

—La leche sabe igual de asquerosa que siempre —intervino Marilines, que estaba acostumbrada a beberla recién ordeñada y todo lo demás le sabía a rayos.

—Esta leche lleva algo raro —comentó Asun.

—¿Sabéis lo que dicen las mayores? —preguntó Roberta.

—Alguna barbaridad —cortó Manolita.

—Yo sí que lo sé —contestó Sofía.

—Pues habla, habla —le pidió Hortensia.

—Dicen que le ponen algo para que no nos gusten los chicos —explicó Sofía.

—¿Qué chicos nos van a gustar, si aquí no hay más hombres que los profesores y los curas? —dijo Hortensia.

—Oye, a mí lo que me han contado. Que dicen que le echan a la leche bromuro o algo así para que no se nos despierten los deseos amorosos.

—¿Y qué deseos amorosos se nos van a despertar aquí? —dijo Roberta.

—A lo mejor no se refieren a los chicos, sino a relaciones entre chicas —contestó Asun.

Manolita la miró extrañada. Le parecía que probablemente había oído mal a Asun.

—¿Cómo dices?

—Pues eso. Que debe de ser para que no nos gusten otras chicas.

—Pero eso es imposible. ¿Cómo nos va a gustar otra chica?

—Ay, Manuela, que aunque no lo digan los Evangelios, hay mujeres a las que les gustan otras mujeres. Igual que hay hombres a los que les gustan otros hombres —explicó Asun.

—Pero eso va contra los mandamientos de Dios.

—Nada dijo Dios de todo eso. Ni en los mandamientos que le dio a Moisés, ni en ningún otro sitio. Que lo he leído todo bien leído. Es más, en la Antigüedad, estaba bien visto que las personas tuvieran relaciones íntimas con individuos de su mismo sexo.

—¿Y se puede saber, Asun, por qué estás tan puesta en ese tema?

—Por nada en especial, Manuela. Me gusta saber cosas.

—Que no me llames Manuela, que no me gusta.

—Pues a mí me parece mucho más bonito Manuela, que Manoli o Manolita, que es una cursilada. Manuela tiene mucha más fuerza, y creo que encaja mucho mejor con tu carácter —le dijo Asun, y su compañera se turbó sin saber por qué.

—Bueno, chicas, que ya son las nueve menos cinco y tenemos que ir a clase. ¡Qué asquito de leche! Yo no sé si llevará bromuro o qué, pero sabe a diablos —exclamó Roberta.

—Más bien sabe a establo con vacas sucias —dijo Hortensia.

—¡Qué sabrás tú de vacas sucias y de establos, que no has pisado una granja en tu vida! —le espetó Marilines.

—En eso tienes razón.

40

Los ensayos continuaban en las pocas horas libres que tenían las chicas después de las clases y de las horas de estudio. Lo que más les gustaba era ensayar a mediodía, porque si el tiempo era bueno, lo hacían al aire libre, en los jardines. Se tumbaban en el césped mientras esperaban su turno, y las palabras que escribiera Shakespeare siglos atrás se mezclaban con los rayos del sol que bajaba a escucharlas en las voces de las jóvenes. Como premio, el sol acariciaba su piel y sus cabellos, que resplandecían en aquellos días de la primavera, en los que se mezclaba la tristeza gris por el crimen en América y la alegría por el triunfo del «La, la, la» en Eurovisión.

—Pero deja de canturrear esa canción, Manolita.

—La llevo en la cabeza desde el sábado, Sofía. No me sale otra cosa.

—Al menos ya no rezas tanto —le replicó Hortensia—, lo que es un alivio.

—Rezo como siempre —contestó, aunque reconocía en su fuero interno que había escuchado en aquel piso, que frecuentaba los domingos, algunas cosas que no la acababan de convencer—, pero esa canción es pegadiza y alegre, lo cual se agradece en estos tiempos.

En esos momentos pasaba don Antonio a pocos metros de donde estaban las chicas tumbadas, esperando a Angélica para empezar el ensayo.

—Don Antonio, venga a sentarse con nosotras —le gritó Manolita.

—Pero qué atrevida —le dijo Asun.

—Cómo se nota que te gusta el profe de Ciencias —murmuró Marilines, que pensaba cada vez menos en Carmelo y había decidido borrarlo de sus pensamientos y volver al pueblo con la cabeza muy alta.

—Que no me gusta, qué pesadas sois. Además, está más que cazado por Angélica.

—¿No se sienta con nosotras, profesor? —le preguntó Sofía—. Estamos esperando a Angélica.

—No suelo sentarme en el césped —confesó, mientras se acercaba.

—Le ponemos la capa de Próspero para que se siente —dijo Hortensia, mientras extendía la tela que guardaba en su cartera.

—Gracias, sois muy amables.

Don Antonio era tímido con las mujeres en general, y no se permitía confianzas con casi ninguna, sobre todo con sus alumnas. Desde que Amparito y él ya no estaban juntos, y salía con la tutora, había descubierto otros mundos por los que le gustaba navegar, y había entendido que las mujeres no eran ni hijas del pecado, como le habían enseñado en el colegio en el que había estudiado, ni seres débiles a quienes había que proteger, como le habían dicho siempre los hombres de su familia. Cuando comenzó el curso, apenas se atrevía a mirar a los ojos a las chicas. Ponía su mirada en un punto de la pared del fondo y evitaba mirar de frente a nadie. Poco a poco fue entendiendo su papel y comprendiendo que las preguntas de las chicas cuando interrumpían sus explicaciones no eran ataques personales a él, sino deseos de saber más, curiosidad y ganas de bucear en los misterios de la naturaleza.

—Hemos aprendido mucho con usted, don Antonio —se atrevió Manolita.

—Manuela, eres una pelota —le dijo Roberta.

—No lo soy. Es la verdad —insistió.

—Tiene razón —aseveró Asun.

—Bueno, yo os agradezco vuestras palabras. Este ha sido mi primer año como profesor, y no sabía si lo estaba haciendo bien.

—¿Su primer año? Pues parece que lleve dando clase toda la vida —intervino Marilines.

—Ya se ve que es muy joven —comentó Sofía.

En ese momento llegó Angélica y don Antonio se levantó del césped. La tutora llevaba en la mano una cesta con parte del vestuario y del atrezo. Sus uñas rojas brillaban con el sol más que nunca.

—¿Te vas a quedar a los ensayos? —le preguntó.

—Solo un rato. Tengo una reunión a las seis, y tengo que bajar a la ciudad con tiempo para aparcar.

Antonio tenía un seiscientos, que era el coche que se había puesto de moda: era pequeño, relativamente barato para la clase media, se fabricaba en Barcelona, y había dado movilidad a muchas familias, que podían viajar entre pueblos y ciudades gracias a él. El suyo era de color blanco y a las chicas les gustaba mucho, sobre todo a Sofía, que había heredado de su padre el gusto por los automóviles, aunque él no tenía ni tractor, y que pensaba sacarse el carné de conducir en cuanto tuviera la edad. Aún no se había atrevido a montar en el coche de Alfonso, pero sabía que no tardaría en hacerlo.

A Angélica también le gustaba el seiscientos. En uno de sus viajes a Italia había recorrido la Toscana en uno de color azul celeste, que pertenecía a un novio fugaz que había tenido en la región.

La reunión de Antonio era clandestina. Estaba harto de esas reuniones en las que se hablaba de política y de revoluciones y en las que todos se ponían al día de lo que contaban los compañeros exiliados en Francia en mensajes escritos o radiados en códigos secretos. En París y en otras ciudades galas se estaban llevando a cabo revueltas de estudiantes por las calles. Protestas que intentaban cambiar el sistema y crear un mundo más justo. A España no llegaban oficialmente demasiadas noticias para evitar que pudiera pasar algo parecido.

Las noticias circulaban clandestinamente en los círculos progresistas y apenas salían de allí. El triunfo de Massiel en el Festival de Eurovisión había caído del cielo como un maná que tenía al pueblo entretenido, ilusionado y con un subidón de autoestima que mitigaba todos los rumores que recorrían los ambientes que se atrevían a ser ligeramente críticos con el régimen. Antonio ya sabía de qué se iba a tratar en la reunión, y también sabía que no había mucho que hacer, que solo quedaba esperar a que le llegara la muerte al dictador para que en el país se instalara una democracia como la que había en el resto de la Europa occidental. Por eso estaba ya cansado de las palabras que escuchaba en aquellas reuniones en un local secreto, diferente cada vez, lleno de humo de tabaco negro. Palabras dichas por cachorros de clase alta que jugaban a ser revolucionarios y proletarios cuando, en realidad, no habían trabajado en su vida y tenían las manos tan finas como las suyas. Aquella iba a ser su última reunión. Se iba a despedir y a excusar diciendo que tenía mucho trabajo, que estaba vigilado y que ya no podría volver a reunirse con ellos.

Lo de que estaba vigilado era cierto, aunque él no lo sabía. Uno de los profesores de gimnasia se había dado cuenta de que había algo sospechoso en él y lo tenía controlado. En realidad, además de dar clase de Educación Física, era uno de los muchos jóvenes que la policía política había infiltrado en universidades y centros educativos superiores. Se llamaba Patricio y ocultaba sus ojos detrás de unas gafas oscuras desde las que observaba hasta los más recónditos pensamientos de aquellos a quienes miraba.

Sí, Antonio estaba vigilado.

41

—Hay algo en el personaje de Próspero que no entiendo —le dijo Hortensia a Angélica esa tarde, después de ensayar al aire libre.

Las palabras que escribiera Shakespeare siglos atrás habían circulado por los jardines del internado y se habían posado en los rosales de color amarillo que las separaban del estanque y del árbol de la sabiduría, la gran escultura de piedra que tanto había admirado la propia Hortensia desde el día que llegó.

—¿De qué se trata?

—Al final de la obra, Próspero deja la isla y vuelve a Milán. Perdona a su hermano, que lo había dejado naufragar y que había deseado su muerte. Y deja a Ariel y a Calibán, con quienes se ha mostrado cruel en muchos momentos. Dice que ya no le quedan genios que lo acompañen y...

—«*And my end is despair*», «y mi final es desesperación» —continúa Angélica con uno de los versos más famosos de toda la producción shakesperiana.

—Eso, no entiendo por qué dice que su final es desesperación, si vuelve a casa, con su hija. Su hija enamorada de Fernando, él reconciliado con su hermano, y además habiendo dejado la isla en manos de sus habitantes naturales, el monstruoso Calibán y Ariel, el espíritu aéreo.

—Yo también he pensado mucho en esas palabras, que fueron las últimas que escribió Shakespeare, antes de volver a su casa, con su mujer, después de años sin poner allí los pies, y después de haber perdido a su único hijo varón. Después también de ser un escritor famoso y rico. Él también vuelve a casa, como Próspero, pero es como si sintiera que ha dado ya todo y por lo tanto no le queda nada. Ha entregado todo su saber al mundo, ya no tiene nada más que a sí mismo, como dice Próspero. Ya no le obedecen los genios, el escritor ya no tiene ideas, y Próspero no tiene ya el poder de la magia. En ese epílogo que dice al final, y que era algo típico del teatro de la época, ya que servía para que el protagonista reclamara el aplauso del público, pide Próspero «el auxilio de vuestras manos» —Angélica hace el gesto de aplaudir—, y también suplica una plegaria, una oración para que le sean perdonados todos sus pecados.

—¿Crees que en realidad Próspero está pidiendo una oración por Shakespeare, que se sirve de su personaje para pedir por él mismo?

—Probablemente. Cuando escribió esos versos ya estaba decidido a no escribir nada más. *La tempestad* es un símbolo del mundo en el que vivimos. Es como si cada uno de nosotros fuéramos un barco que navega sobre las aguas, a veces tranquilas, a veces convulsas. Justo antes del epílogo, le pide a Ariel un último servicio: que haga que el barco navegue seguro rumbo a Nápoles, que los vientos y las aguas le sean propicios. En el fondo, ese barco es la barca de Caronte que lo lleva a la que será su última morada, y el mar es un símbolo de la laguna Estigia.

—«Uno de cada tres de mis pensamientos se consagrará a mi tumba» —repite Hortensia una de las últimas frases de Próspero.

—Exacto. Él sabe que su viaje es solo de ida. No hay regreso posible a ese mundo en el que era todopoderoso porque era capaz de crear ficciones e ilusiones —dijo Angélica con una sonrisa que a Hortensia le pareció amarga—. Ya no hay vuelta atrás ni para Próspero, ni para Shakespeare, que sabe que no volverá a escribir.

—Por eso nos has dicho alguna vez que esta obra es una especie de testamento de William Shakespeare.

—Eso es. Y ahora, date prisa —dijo mientras miraba su reloj—, que se te va a pasar el turno de la cena.

—No importa. Me gusta mucho hablar contigo. Muchas gracias, Angélica. Ojalá mi madre pudiera contarme tantas cosas como tú.

—Tu madre se ha dedicado a otras tareas.

—Ella no sabe quién era Shakespeare —reconoció Hortensia.

—La mía tampoco lo sabía. Se lo conté yo. Haz lo mismo con la tuya. Estará encantada de saber que has aprendido muchas cosas aquí, y que le puedes enseñar algo. Es el mayor deseo de todos los padres, que los hijos los superen y puedan convertirse en seres más libres de lo que han podido ser ellos.

Hortensia asintió con la cabeza y se fue corriendo hacia el comedor. No estaba ella tan segura de que su madre quisiera escucharla hablar sobre Shakespeare y sobre Próspero. De hecho, estaba convencida de que nada de lo que ella le contara iba a despertarle ningún interés. Sabía por sus cartas que su madre seguía sumida en la misma oscuridad en la que la había dejado las dos veces que había vuelto a Badalona, para las vacaciones de Navidad y para el puente de San José.

42

Manolita acabó disfrutando con su papel del monstruo Calibán. Hijo de una bruja, anterior dueño de la isla, dominado por Próspero y sus hechizos sobrenaturales, más poderosos que los suyos. Quiere retomar su poder, pero, al contrario que Próspero, no lo conseguirá, y su intento de traición no pasará de ser un episodio ridículo. Entrar en el personaje de Calibán le había servido a Manolita de cura de humildad. Desde que se había metido en la piel de un ser primario que se mueve por sus deseos fracasados de seducción y de venganza, su soberbia y su vanidad habían menguado. Ya no siempre se creía con la verdad en la mano. En cada ensayo, experimentaba una sensación de fracaso y de decepción que no mitigaba su fe, siempre inquebrantable. Sentía caridad por Calibán, pero también y por primera vez, por el resto de la humanidad. También por sí misma.

Una de las tardes en las que estaba en el piso al que iba los domingos, apareció por allí un joven aspirante a sacerdote, que acompañaba a don Santos, el cura titular que iba a celebrar la misa. Era rubio, tenía el pelo rizado, y unas gafitas redondas de metal dorado. Manolita pensó que, con gafas y todo, parecía un querubín digno de cualquiera de aquellos cuadros en los que los ángeles rodeaban a vírgenes y apóstoles. No aparentaba tener más de veinte años, a pesar de su gesto grave y de que apenas se atrevía a mirar a las jóvenes que tenía delante.

—Os presento al padre Carlos. Está a punto de ordenarse y lo he invitado para que charle con vosotras y os conozca.

Todas las muchachas revolotearon alrededor del padre Carlos, encantadas de tener a un hombre tan joven entre las paredes forradas de madera de aquel piso generalmente tan oscuro. El seminarista suponía un soplo de frescura en medio del aire rancio que se respiraba.

Manolita fue la última en acercarse a él.

—Buenos días, padre.

—En realidad, todavía no soy padre. Hasta que no me ordene, no deberían llamarme así.

—Yo soy Manolita.

Y Manolita notó un escalofrío que le subía por toda la espalda. Un rubor parecido al que sentía a veces cuando hablaba con Asun. Un escalofrío muy diferente a los que sentía cuando tenía fiebre, o cuando hacía frío. Aquello era algo nuevo y, aunque sabía que no debía aferrarse a ello, esa noche se durmió pensando en el joven cura, y soñó con él en unos términos en los que nunca antes había soñado. Cuando despertó, estaba sudando y su primer pensamiento fue para el rostro barbilampiño del seminarista. Se levantó, fue al cuarto de baño y se lavó la cara con agua fría para intentar arrancarse sus pensamientos. No lo consiguió. Volvió a la cama y rezó sus oraciones, en las que pidió no volver a pensar en él. Pero los santos no le hicieron caso y se pasó toda la semana soñando con él y durmiendo poco.

—¿Y esas ojeras, Manolita? ¿A qué se deben? —le preguntó una mañana Marilines.

—Calibán me está comiendo toda la energía —mintió.

—¿No será que te has enamorado? Esta noche te he oído hablar en sueños.

—Yo no hablo en sueños.

—Sí que lo haces. Y no era precisamente a Calibán a quien nombrabas. Aunque lo que decías también empezaba por «ca». Nombrabas a un tal «Carlos».

—No conozco a ningún Carlos.

—Ah, pues de Carlos hablabas.

—¿Y qué se supone que decía?

—Eso ya no lo he entendido. Bueno, solo una frase.

—¿Cuál?

—Decías algo así como «no puede ser, no puede ser. Lo nuestro es imposible». Algo parecido.

—Pues vaya. En realidad, son dos frases.

—¿Quién es Carlos? —se atrevió a preguntarle Marilines justo antes de entrar en la clase de Sociales.

—Es un seminarista que conocí el domingo.

—¿Seminarista?

—Sí.

—Vaya, pues eso es peor que ser cadete. Quiero decir que es más difícil todavía. Porque mi Carmelo se ha ido con otra. Pero los curas se casan con Dios y con la Virgen, y eso sí que no tiene remedio.

—Estoy desesperada —le confesó Manolita.

—Tendrás que confesarte.

—No. Eso no se lo puedo contar a ningún cura.

—Pues tendrás que quitártelo de la cabeza.

—¿Y cómo?

—Pues como he hecho yo con Carmelo. Deja de pensar en él y ya está. No es tan complicado. Cuando te venga a la mente, lo sustituyes por otra cosa y listo.

—¿Y por qué imagen sustituyes tú a tu Carmelo?

—Ya no es mi Carmelo.

—Bueno, ya me entiendes.

—Pues no sé, por otras cosas. Por otras personas. Por los personajes de la obra.

—Claro, para ti es más fácil, porque en la obra eres Ariel, el genio del aire, ligero, poderoso, que lo sabe todo, y que al final recobra la libertad. En cambio, mi personaje es ridículo. Todos se ríen de él y casi no puede ni moverse. Le han quitado todo. No lo quiere nadie. Eso me pasará a mí. Que nadie me querrá.

—Pero qué tonterías dices. Te queremos tus amigas.

—Tú ya me entiendes.

—No, no te entiendo. Y ahora tenemos que entrar en clase, que ya viene por el pasillo el profesor.

—En fin. Mira que enamorarme de un cura. También es mala suerte. Para una vez que me gusta un chico, y resulta ser un amor imposible.

—¡Pero qué enamoramiento ni qué tonterías! Si solo lo has visto un momento. Y además, como tú solo ves a curas, pues normal es que te enamores de alguno.

—Es un sacrilegio.

—La próxima vez que vayamos a las boleras, te vienes con nosotras. Así conocerás a chicos normales, y verás que hay vida más allá de lo que tú llamas «enamorarse». Yo ya no pienso en Carmelo, y eso que llevaba dos años con él. Así que a ti se te pasará pronto la tontería.

Marilines no había vuelto a saber nada del soldado que había conocido en su primera incursión a la bolera. Y tampoco le importaba nada lo que hubiera sido de él. Pensar en él durante un par de semanas le había servido para darse cuenta de que en el mundo había muchos más hombres que Carmelo.

—El primer amor nunca se olvida.

—Eso es una sandez.

—En todas las novelas, en las canciones y en las películas siempre dicen que el primer amor es el principal, el único, el que no se olvida.

—No se olvida, como tampoco se olvida la primera vez que te bajó la regla y como tampoco se olvida nadie de hacer pis varias veces al día. Se recuerda como algo que pasó, sin más. No como lo más importante y digno de ser recordado a cada momento. Los primeros amores están sobrevalorados, te lo digo yo. Y también lo dice Angélica.

—Acabáramos. Si lo dice Angélica, ya no hay nada más que discutir.

—Angélica ha vivido más que nosotras y sabe más de todo.

—Amén, pues.

—A clase, señoritas.

La voz del profesor de Sociales interrumpió la conversación. Entraron en el aula, y la Segunda Guerra Mundial sustituyó a las cuitas amorosas de Manolita.

43

Llegó el 6 de junio, día del estreno de la versión que Angélica y las chicas habían hecho de la última obra de William Shakespeare. Los últimos ensayos convivieron con los últimos exámenes, y con el estallido hormonal de la cercanía del verano, así como con la certeza de que se acababa aquel curso que había sido tan importante para todas. Andaban todas alborotadas, algunas deseosas de volver a sus casas, a sus montañas, a sus mares, a sus palmeras. Otras, esperando un milagro que dilatara el tiempo porque no querían darse de bruces con la realidad que las esperaba. Sobre todo, Marilines, para quien volver significaba enfrentarse a la vergüenza de que ya todo el pueblo sabía que Carmelo la había dejado por una señorita rica de la ciudad; y, muy por encima de todas, Asun, que temía la vuelta a casa más que a un saco lleno de escorpiones.

Esa mañana, Asun se despertó muy temprano. Antes que ninguna y antes de que sonara ningún despertador. Le dolía la tripa y enseguida se dio cuenta de que le había bajado la regla. Se levantó rápidamente, y se fue al cuarto de baño para asearse y para ponerse un paño.

Con tanto trajín de ensayos y estudios y los nervios de pensar que el verano estaba a punto de llegar, y con él la obligación de volver al pueblo, se le había adelantado la regla, como le pasaba siempre que estaba nerviosa o preocupada. Se miró en el espejo que había sobre el lavabo y vio que la imagen que le devolvía en poco se parecía a la Asun que había dejado su casa en el pueblo meses atrás. Medía diez centímetros más, sus pómulos se habían afilado y sus ojos brillaban como nunca antes. Había decidido enfrentarse a su padre y a sus hermanos, y decirles que jamás permitiría que hicieran con ella lo que habían hecho hasta el día en el que se marchó a estudiar. También había decidido contarle todo a Angélica para que la aconsejara sobre cómo proceder: si debía ir a la policía a denunciarlos antes de hablar con ellos, si esperar a ver cómo se comportaban con ella a partir de ese momento, o qué hacer. Había esperado mucho tiempo a poner en palabras sus pensamientos, pero ya tenía todas las palabras ordenadas en su cerebro, y solo iba a esperar al día siguiente, una vez que ya hubieran estrenado la obra y Angélica estuviera más relajada. Y ella también.

No contaba con que le bajara la regla, que siempre la visitaba con dolores de tripa y de cabeza. En esos días se sentía menos fuerte, tanto física como anímicamente. Le parecía que aquello era un castigo injusto que debían cumplir las mujeres solo por el hecho de serlo. Cada mes y durante una semana odiaba ser mujer y deseaba haber nacido varón. Igual que las noches infantiles en las que pasaba lo que pasaba en su habitación. En aquellos momentos renegaba de su feminidad y pensaba cuán diferente habría sido todo si no hubiera sido niña. A lo mejor hasta su madre seguía viva. Cuando la asaltaban esas ideas se sentía muy mal y a veces se echaba a llorar. Solo a veces, cuando estaba segura de que no la veía ni escuchaba nadie.

—¿Qué haces aquí tan temprano? —la voz de Manolita que entraba en ese momento en el baño la sacó de su ensimismamiento.

—Me ha venido la regla y he venido a lavarme —le contestó.

—A mí también me acaba de bajar. Vaya puntería que hemos tenido. —Solo hacía tres meses que Manolita sufría la menstruación.

—Pues sí. Las dos a la vez —dijo Asun con un esbozo leve de sonrisa.

—Espero que el curso que viene nos vuelva a tocar en la misma habitación —le confesó Manolita, mientras ponía una mano en el hombro derecho de Asun—. Eres una buena amiga.

—Yo también lo espero.

Y ambas se abrazaron, y sintieron el calor de sus cuerpos amigos. Para Asun era la primera vez que alguien la abrazaba después de la muerte de su madre. En aquellos momentos, le pareció que los brazos de Manolita eran tan protectores como los de su progenitora.

—¿Y si te vienes a mi casa a pasar el verano? —le sugirió Manolita—. La casa es grande, en el valle, junto a un río de aguas frescas, a los pies de las montañas. Es un pueblo muy bonito.

Asun se quedó pensando un momento.

—Me encantaría. Pero tengo que solucionar un par de cosas en mi casa, antes de nada.

—Pues estaré esperándote.

En ese momento se abrió de nuevo la puerta de los baños. Era Angélica que traía mala cara.

—Ah, estás aquí —dijo, dirigiéndose a Asun.

—Nos ha venido el periodo a las dos a la vez —explicó Manolita.

—Qué casualidad.

—No estábamos haciendo nada malo —se justificó Manolita.

—¿Quién ha dicho que estuvierais haciendo nada, ni bueno ni malo?

—No, ya, por si acaso había pensado que...

—Yo no he pensado nada. Estaba buscando a Asun. Ven conmigo, por favor.

Asun miró a su compañera, y le hizo un gesto de no entender para qué la quería Angélica a esas horas tan tempranas. Siguió a la tutora hasta su habitación. En ella estaba también la directora con gesto grave. Tenía un papel azul en su mano.

—Buenos días, querida Asun —empezó a decir.

—Buenos días, doña Elvira.

—Acabamos de recibir un telegrama de tu pueblo. Me temo que trae muy malas noticias.

El corazón de Asun empezó a latir muy deprisa. Angélica le pidió que se sentara y la directora le entregó una taza de tila que había preparado mientras la esperaba. Asun miraba a una y a otra sin saber qué pensar.

—Ha habido un accidente en la granja de tu padre —empezó a decir doña Elvira.

—Muy grave —continuó Angélica.

—¿Le ha pasado algo a mi padre? —preguntó Asun con un hilo de voz.

—No solo a tu padre. —La directora no sabía cómo darle a la muchacha lo que pensaba era la peor de las noticias que alguien podía recibir—. A tu padre y a tus dos hermanos.

—¿Están muertos? ¿Los tres? ¿De verdad? —Un telegrama no se mandaba a la otra punta del país si no había ocurrido algo realmente grave.

—Es una tragedia terrible, hija mía. Estaban arreglando el tejado del establo. Se ha caído una viga y ha aplastado a uno de tus hermanos y a tu padre. Al ir el pequeño a ver lo que pasaba, ha caído una parte del tejado y…, en fin, podemos ahorrarte los detalles. El caso es que han fallecido los tres. No sabes cómo lo siento.

La directora tenía lágrimas en los ojos, y Angélica también.

—Habrá que suspender el teatro, Asun. Además, supongo que te querrás ir inmediatamente.

—No, no —acertó a decir Asun, conmocionada por la noticia, de una manera muy diferente a como creían las otras dos mujeres—. Haremos la obra. Por supuesto que la haremos.

—Pero, hija, no vas a poder concentrarte. Ahora estás todavía que no te das cuenta de lo que ha pasado, dentro de un rato, no podrás parar de llorar y no habrá quien pueda consolarte.

—¿Consolarme?, ¿consolarme? —repitió Asun—. Doña Elvira, Angélica, en toda mi vida me han dado una noticia mejor que esta.

—Pero ¿qué estás diciendo, criatura? —la directora no daba crédito. Una cosa era que Asun estuviera en estado de *shock*, y otra era que la muerte de su familia la considerara una buena noticia.

—Mi padre y mis hermanos me han hecho sufrir lo que no pueden imaginarse. Desde que los recuerdo. Nunca había contado nada, pero justo pensaba hacerlo mañana, porque no iba a volver con ellos y tenía intención de denunciarlos con tu ayuda, Angélica.

—¿De qué estás hablando, Asun? —le preguntó Angélica, que empezaba a entender, horrorizada, el significado de las palabras de la chica.

—Mi padre y mis dos hermanos han estado abusando de mí desde que era pequeña —por fin salían todas las palabras que Asun había guardado tantos años y que tenía preparadas para el día siguiente—. Cuando mi madre empezó a sospechar, la mataron e hicieron creer a todos que había sido un accidente, y que la había pisoteado el caballo. Pero yo sé que no fue así. Vi cómo mi padre la golpeaba y cómo ellos lo ayudaban a moverla y a colocarla delante del animal. Era muy pequeña, pero lo vi. Los vi. Lloré mucho y me quedé callada un tiempo. No me salía la voz. Ellos siguieron visitándome por la noche, y yo no fui capaz de contar nada, ni a mi tía, ni a las monjas del colegio, que siempre sospecharon que algo pasaba. Tenía tanto miedo que no podía contarlo. Les tenía mucho miedo. Me aterrorizaban. Y ahora están muertos los tres.

—Que Dios acoja sus almas —dijo doña Elvira.

—No, directora. Dios no puede acoger esas almas tan sucias y miserables.

—Niña, que son tu padre y tus hermanos —la amonestó.

—Almas sucias y miserables —repitió la muchacha—. Arderán en el infierno. Seguramente ha sido el alma de mi madre la que ha querido protegerme antes de que llegara el verano.

—Las madres siempre son madres —afirmó tajante doña Elvira, mientras se limpiaba las lágrimas que había derramado sin ninguna necesidad—, aunque estén muertas y en el paraíso. Niña, podemos celebrar la noticia y que se entere todo el internado, o podemos llevarla con discreción y anunciarla mañana, para que hoy puedas hacer la obra de teatro y nadie piense que eres una mala hija, que prefiere representar una obra antes que velar los cadáveres de su padre y de sus hermanos.

—No me importa que todo el mundo se entere. Pensaba contarlo todo mañana. Me había costado años, pero lo iba a decir y los iba a denunciar. Se han muerto antes de pasar por la vergüenza de la justicia y de que todo el pueblo supiera lo que habían hecho conmigo. Pero lo sabrán, y así su memoria quedará emborronada para siempre.

—Pero, hija, ahora que ya están muertos, ¿no sería mejor que nadie se enterara de nada? Lo digo por ti, para que nadie sepa lo que te ha estado pasando todo este tiempo.

—No, directora. Quiero que todo el mundo lo sepa. Yo no tengo nada de lo que avergonzarme. Ellos son quienes se portaron mal conmigo. Yo no.

—Pero la gente es cruel y te señalarán.

—No me importa que me señalen, doña Elvira. Puedo ir con la cabeza muy alta delante de todos quienes me señalen. He vivido demasiado tiempo en el silencio; lo he roto y ya no hay vuelta atrás. Haré la obra y no contaré nada hasta mañana, que será cuando me vaya a mi pueblo a ver cómo se hunden en la tierra de donde no saldrán nunca más para hacerme daño.

—El funeral será pasado mañana. Lo han retrasado un día para que puedas acudir. Parece que el cura ha hablado con las monjas de tu colegio y lo han decidido así.

—Y en el funeral lo contaré todo delante de los tres féretros.

—¿Crees que tendrás valor para hacerlo? En los funerales siempre se alaba a los muertos —intervino Angélica.

—Pues este será un funeral diferente.

—Creo que habrías hecho un Próspero espectacular —intervino Angélica, mientras se levantaba para abrazarla y para retirarle a Asun de las manos la taza de tila, que no le había hecho ninguna falta.

44

Pero no fue aquello lo único que aconteció aquel 6 de junio. Poco antes de la representación, y mientras Angélica maquillaba a las chicas para que la luz de los focos no hiciera desaparecer sus expresiones, apareció el rector en el salón de actos con cara grave. Tanto Asun como la tutora pensaron que doña Elvira se había ido de la lengua y venía a cancelar la obra. Pero no, no era eso.

—Buenas tardes, queridas niñas. A pesar de que hoy es para nosotros un día muy especial, pues las palabras del gran Guillermo Shakespeare se van a escuchar en esta sala —dijo mientras Hortensia le daba un codazo a Roberta al oír que el rector llamaba «Guillermo» a «William»—. A pesar de eso, digo, una terrible noticia ha venido a ensombrecer esta tarde.

Angélica tragó saliva y se acordó de toda la parentela de doña Elvira. Todo el curso trabajando para ese momento, y su indiscreción iba a terminar con todo.

Asun miró a Angélica y movió la cabeza de un lado a otro, en un movimiento casi imperceptible del que solo la tutora se dio cuenta.

—Siento venir a comunicaros una mala noticia. Como lleváis casi todo el día aquí, creo que no habéis visto los informativos y no os habéis enterado. Han matado a Robert Kennedy.

Un «oh» de sorpresa y de estupor se extendió por el escenario. Angélica y Asun abandonaron sus sospechas inmediatamente. Robert Kennedy era el senador más joven y popular de los Estados Unidos, había sido fiscal general y era el hermano de John Kennedy, que había sido asesinado unos años antes cuando era presidente del país. Para muchas de las chicas era un amor inalcanzable, de esos que salían mucho en la televisión, y que además creía en que la justicia tenía que ser igual para todos. Cada vez que lo veían en las pantallas, se oían suspiros. Por alguna razón, Robert era amado por millones de hombres y de mujeres que no lo conocían, y odiado por unos cuantos que fueron los que probablemente organizaron el crimen para vengarse de quien había osado desafiar a poderosos miembros de la mafia.

Sofía se tuvo que sentar en una silla para no caerse. La noticia la había mareado. Hortensia, Neus, Roberta y Marilines pensaron en los soldados americanos que habían formado parte fugazmente de sus vidas y a los que no volverían a ver. Por los ojos de Asun se asomaron unas lágrimas que no había provocado la noticia que había recibido por la mañana, pero sí el asesinato del senador. Y Manolita empezó a santiguarse, pero no terminó de hacerlo, porque empezaba a pensar que Dios había abandonado a la humanidad, si permitía que mataran a tantos hombres justos.

—Creedme que lamento mucho ser mensajero de una noticia tan grave.

—Pero, vamos a seguir con los planes de esta tarde, ¿verdad? —preguntó Angélica.

—Sí, claro, no estamos de luto nacional aquí. Pero quería que lo supieran.

—Gracias, señor rector. Dedicaremos la función a la memoria del senador Kennedy.

A Angélica le gustaba mucho la palabra «senador» porque era una voz que la acercaba al concepto de democracia que, estaba segura, más temprano que tarde, acabaría por implantarse en el país. En casi todos los países de los alrededores había senadores elegidos por el pueblo, y el mero hecho de pronunciar la palabra le daba a Angélica la sensación de que podía hacerse el milagro. Por eso, siempre que se refirió a Robert Kennedy durante aquellos días lo hizo con la palabra «senador» por delante.

Todo el público entró en el salón de actos casi en silencio. Apenas los rumores de los murmullos con los que todo el mundo comentaba la noticia del día. Una tragedia acaecida en Los Ángeles que se sumaba a la de Memphis de dos meses atrás, y que había vuelto al mundo del revés. La influencia americana en la Europa Occidental en los últimos años de la Guerra Fría, y en España en los últimos años del franquismo, era grande.

Lo que pasaba al otro lado del Atlántico Norte afectaba casi tanto como si ocurriera dentro de las fronteras. Incluso más, porque muchas de las cosas que pasaban dentro no se contaban.

Angélica pensó por primera vez que tal vez la obra elegida no era la mejor dadas las circunstancias. Se arrepintió de no haber montado una comedia aparentemente más ligera, y no un texto como *La tempestad*, que hacía pensar demasiado, si uno estaba atento a las palabras, e iba más allá de las apariencias disparatadas que ofrecía el argumento.

45

Cuando empezó la obra, las chicas de la 305 y las demás estaban bajo el golpe que había supuesto la noticia del asesinato de Kennedy. El fantasma del crimen y una extraña sensación de orfandad planeó durante toda la representación. Los personajes parecían más desvalidos aun, si cabe, de como los había imaginado Shakespeare. Más solos. Como si la muerte del senador hubiera dejado de manifiesto que, a pesar de los diálogos, de las voluntades, de los deseos y de todas las palabras compartidas, los seres humanos estuviéramos siempre solos en el universo.

Solo Asun estaba pletórica. Se esforzaba en disimular sus emociones, que eran muy diferentes a las del resto de sus compañeras. Y no porque no hubiera lamentado el crimen, sino por las razones que solo ella, Angélica y doña Elvira conocían.

Nadie sospechó nada de lo que había pasado en la granja de Asun. Sus amigas solo notaron que interpretaba a su personaje mejor que nunca. El traidor y ambicioso hermano de Próspero teñía sus palabras con una pátina de placer que nunca antes había tenido en la voz de Asun.

—¿Qué le pasa a esta chica? —le preguntó don Antonio a Angélica entre bambalinas.

—¿Por qué lo preguntas?

—No sé. Está diferente. Es como si de repente hubiera entendido la dimensión del personaje de una manera extraordinaria para una persona de su edad. Y no me parece que sea debido a la noticia sobre Kennedy.

—Es que Asun ha madurado mucho últimamente.

—¿De ayer a hoy?

—Sí, de ayer a hoy.

Angélica se giró para acercar su rostro al de su novio. Ya hacía dos semanas que habían decidido que lo suyo iba en serio, y ella hasta le había escrito a su madre para contarle que se había echado un novio formal. Miró a su alrededor para cerciorarse de que nadie los miraba y besó a Antonio con un beso tan largo y tan apasionado que al joven profesor se le cayeron las gafas al suelo.

—Silencio —murmuró Manolita, a quien el ruido de las gafas había distraído de la escena en la que Asun intentaba convencer a otro personaje de que tenían que cometer un asesinato. También ella se había dado cuenta del brillo diferente que tenían las palabras que salían de la boca de su compañera, aunque ella lo achacara a otras razones que le gustaba sospechar, pero apenas se atrevía a hacerlo.

Al poco rato sonaron los aplausos finales, y Angélica salió a saludar. Por fin había conseguido estrenar una obra de Shakespeare, y lo había hecho ante un gran auditorio. Pensó en su padre y en aquel libro en inglés que compró una de las veces que bajó a puerto en Inglaterra. Lo imaginó con el libro entre las manos, hojeándolo e intentando entender los versos en su camarote de aquel barco mercante en el que lo mataron poco antes de que naciera su única hija. Angélica tenía la impresión de que en el momento en el que recibía los aplausos culminaba algo que su padre empezó al comprar aquel volumen con las obras completas de Shakespeare, un libro que pensaba regalarle a su hija cuando fuera mayor. No tuvo ocasión de hacerlo, pero el libro siempre acompañó a Angélica en todas las casas en las que vivió. En Santander, en Madrid, en Zaragoza, y en Málaga, donde se trasladó con Antonio cuando se casaron tres meses después de aquel mes de junio de 1968, justo el mismo día en el que dos atletas afroamericanos levantaron un brazo con el puño cerrado y enguantado para protestar contra el racismo. Lo hicieron en el podio, con sus medallas al cuello y ante millones de espectadores de todo el mundo.

46

Hortensia vuelve a mirar el número y el nombre del lápiz de labios. Es el 174. Piensa que habría sido demasiada coincidencia que el Rouge Angélique hubiera llevado el mismo número de la habitación en la que ella y sus compañeras vivieron tantos momentos buenos, malos y regulares. La misma 305 en la que conocieron a Angélica la tarde en la que llegaron, cuando les regaló aquella bolsita de caramelos de colores con una tarjeta escrita primorosamente con cada uno de sus nombres. Hortensia guarda la suya en el bolso. La tiene en su cartera, junto a las fotografías de sus padres, fallecidos hace tiempo, y el carné de identidad.

Se mira al espejo, abre el lápiz y se pinta los labios despacio. Muy despacio. Tan despacio que mientras lo hace cree que podría revivir todo lo que pasó durante aquel curso en el que ella, Asun, Roberta, Marilines, Manolita y Sofía fueron las chicas de la 305.

Epílogo

Angélica y Antonio se casaron y se separaron tres años después. Ella se marchó a vivir a Italia, y cuando se aprobó la Ley del Divorcio, en 1981, pudo casarse con el hombre con el que había compartido su vida desde hacía diez años, un profesor italiano de canto que se llamaba Vittorio, y con el que pudo ensayar los dúos de *Rigoletto* y de *Madama Butterfly* que tanto le gustaban. Dejó de ser tutora para dar clases de inglés y de español en Italia. Siguió dirigiendo teatro e incluso llegó a escribir una obrita musical para niños basada en la vida de Ludwig van Beethoven. Siempre llevó consigo el libro con las obras completas de William Shakespeare.

Asun pasó aquel verano en casa de Manolita y ya no se volvieron a separar desde entonces. El día del funeral de su padre y de sus hermanos, Asun contó todo lo que había pasado en su casa durante tantos años. Hubo gente del pueblo que le dejó de hablar y gente que alabó su valentía. Vendió la granja y, cuando acabaron de estudiar Comercio y fueron mayores de edad, Manolita y ella abrieron un hotel con encanto en el valle del Roncal. Asun no volvió jamás a su pueblo. Manolita siguió frecuentando la iglesia, pero dejó de acudir a reuniones como hacía antes. De un viaje que hicieron a Rusia trajeron siete iconos ortodoxos que decoran la entrada del hotelito y que conviven con tres cuadros de paisajes del Tirol. Tienen tres gatos.

Marilines regresó a su aldea una vez que acabó sus estudios de Enfermería. Carmelo y su novia de Zaragoza habían cortado, él quiso reanudar su relación, pero Marilines lo mandó a hacer puñetas. Consiguió trabajo en Vigo y se compró una casa desde la que veía el mar y las islas Cíes. Se prometió que solo volvería al pueblo de visita y de funeral. Y así lo hizo. El primer funeral al que asistió fue al de Carmelo, que murió cuando el vehículo en el que iba de misión en el Sáhara explotó al pisar una mina. El verano anterior, en 1974, Marilines se había casado con un notario al que había asistido en el hospital después de un accidente de moto. Tiene dos hijos varones y una hija.

Hortensia estudió Matemáticas y volvió a practicar el ajedrez. Llegó a competir en campeonatos internacionales, aunque nunca ganó ninguno. Obtuvo una beca para proseguir sus estudios en la Universidad de Columbia, en Nueva York, y allí se quedó como profesora hasta que se jubiló. Intervino en varios proyectos de la

NASA y se enamoró de un astronauta, que estaba tan enamorado de la luna como el toro de la canción que tanto le gustaba a su madre. No llegaron a nada. Hortensia tuvo después varias relaciones esporádicas hasta que en un viaje a Sri Lanka conoció a un abogado de Badalona, que había vivido en la misma casa en la que Hortensia había visto un ascensor por primera vez. Se casó con él y vive en Barcelona. No tiene hijos.

Roberta nunca se casó. Estudió Ingeniería Agrónoma, y fue la única mujer de su promoción. Volvió a sus montañas, a sus vacas y a sus lagos helados. Tuvo un hijo con un caminante que pasó varios días, y varias noches, en un refugio cercano a su granja, más allá de los ibones. El caminante nunca se enteró de que había sido padre de un hijo que decidió dejar la tierra de sus antepasados y hacerse piloto. Trabaja en Iberia, un par de veces han coincidido en el mismo vuelo: uno como piloto, el otro como viajero, pero como ninguno de los dos conoce la existencia de sus lazos de sangre, el uno conduce el avión sin saber que su padre es uno de los pasajeros, y el otro lee los periódicos y se toma el aperitivo sin sospechar que quien maneja los mandos en la cabina es el fruto de aquellas noches de amor en una ladera de los Pirineos.

Sofía se casó con Alfonso, el impresor, y se quedó en Zaragoza. Cada Navidad, Sofía le regala a Alfonso una corbata nueva, aunque ya hace años que no las puede comprar en aquellos grandes almacenes donde él la vio por primera vez y ella descubrió las escaleras mecánicas. Hace años que aquel viejo SEPU ya no existe, pero Sofía guarda la tela de color naranja que compró aquel día con Angélica para interpretar a Miranda. Estudió Magisterio y sigue ejerciendo como maestra en un colegio de la ciudad. A pesar de que ya es abuela de dos preciosas mellizas, no se quiere jubilar porque está convencida de que su trabajo es el más hermoso del mundo.

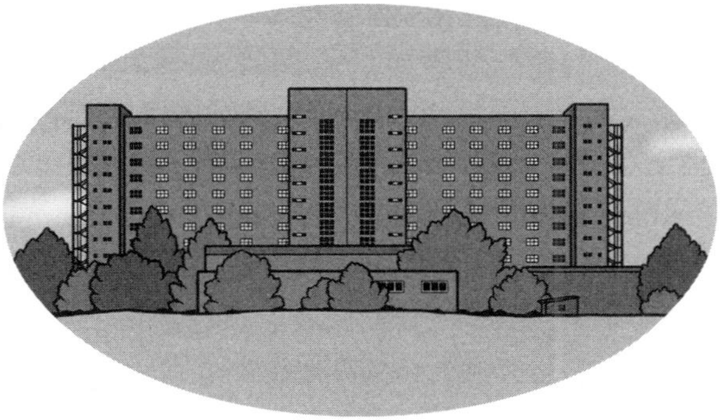

Otros títulos publicados

Hasta (casi) 50 nombres
Daniel Nesquens

El radiofonista pirado
Chema Sánchez Alcón

¡Polizón a bordo!
Vicente Muñoz Puelles

El pintor de las neuronas
Vicente Muñoz Puelles

Días de Reyes Magos
Emilio Pascual

Historias de la otra tierra
Paloma Orozco

El viaje de la evolución
Vicente Muñoz Puelles

La guerra de Amaya
Vicente Muñoz Puelles

Hasta (casi) 100 bichos
Daniel Nesquens

La fábrica de betún
Vicente Muñoz Puelles

El clan de Atapuerca
Álvaro Bermejo

El faro de los acantilados
José Luis Martín Nogales

El clan de Atapuerca 2
Álvaro Bermejo

El puente de los cerezos
Blanca Álvarez

Manzur, o el ángel que tenía una sola ala
Mónica Rodríguez Suárez

El rayo azul
Vicente Muñoz Puelles

A la velocidad de la luz
Vicente Muñoz Puelles

Cuando el mundo era joven todavía
Jürg Schubiger

Utopía
Ana Alonso

Miguel Delibes
Ramón García Domínguez

Dijo el ratón a la luna...
Antonio García Teijeiro

Verás caer una estrella
José Luis Martín Nogales

Viva la revolución
Rocío Rueda

Sherlock Holmes y yo
Vicente Muñoz Puelles

Al otro lado de la brújula
Fernando Marías y Rosa Masip